왕이 되고 싶은 사나이

키플링 저 / 김정우 옮김

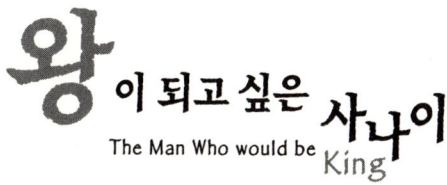

왕 이 되고 싶은 사나이
The Man Who would be King

루디야드 키플링 저 / 김정우 옮김

함께읽는책
COBOOK

옮긴이의 글

이 소설의 작가인 키플링이 활동하던 19세기 말엽과 20세기 초반까지는 아직 주인을 만나지 못한 땅과, 따라서 통치자가 없는 백성들이 남아 있었던 모양이다.

그래서 어떤 이들이나 어떤 나라의 통치자는 그 빈(?) 땅에 들어가 원주민을 제압하면 그 곳은 자기네 왕국이라고 생각했던 시절이 있었다.

보기에 따라서는 말도 안 되는 허황한 꿈일 수도 있겠지만, 이 책의 주인공들은 처음에 깜짝 놀랄 만한 성공을 거둔다. 그러나 이들에게도 역시 인간이라면 피해갈 수 없는 숙명이 기다리고 있었다.

이른바 본질적인 비극(tragic flaw)이라고나 할까? 이들이 거두고 누리던 성공의 폭과 넓이에 비해, 왕비로 인하여 맞게 되는 철저한 몰락의 광경은 너무나도 어처구니가 없어 독자로 하여금 거꾸로 희극을 보고 있는 것 같은 착각에 빠져들게 한다.

영국의 두 부랑자, 그러니까 영국이 인도를 식민지로 지배하던 시대에 영국에서 건너온 두 사나이는 인도에서 사기와 협잡을 일삼으며 그냥 그렇게 살아가다가 더 이상 그 짓거리도 힘들어지자 아직도 자신들의 술수가 통할 법한 새로운 땅으로 들어가 왕이 되기를 희망하고 길을 떠난다.

이들은 처음에 운이 좋게도 요행히 아프카니스탄 북부 산간 지대인 '카피리스탄'에서 총 몇 자루와 기발한 사기술로 왕이 되지만, 결국 사소한 인간적 욕망으로 인해 그곳 주민들에게 죽임을 당하고 만다.

이제, 시계 바늘을 돌려 2004년을 살아가는 오늘의 우리 현실을 보자!

아직도 식민지 잔재가 말끔히 걷히지 않은 흐릿한 세상에서 부와 권력을 세습하고자 부정부패의 고리를 만들어 정작 나라는 거덜내는 정치인들의 한심한 행태라니!

부정한 권력과 부패한 정치 세력은 언제까지나 자신의 이익을 지키고 확장하기 위해 물불 안 가린다.

그런데 이 소설에서 '왕이 되고 싶었던 사나이'는 어떻게 되었는가?

그 사나이가 주민들의 처절한 심판을 받았다는 사실은 오히려 우리에게는 역설적으로 희망의 빛이 되기에 충분하다. 그 심판자가 바로 아무것도 모르는 순진한 '백성'이었기에, 이 소설은 우리가 처해있는 지금 이 시대의 정치 상황과 너무도 기막히게 맞아 떨어지지 않는가? 작가가 보여준 냉엄한 심판의 메시지는 결국 모든 악에 대한 정직한 응징이라고 할 수 있으며, 지금 이 시점에서 우리 국민이 가져야 할 마음과 자세의 지향점이 되기 때문이다.

작은 부정과 큰 부정, 작은 부패와 큰 부패가 뒤섞여 만들어낸 '통치권의 공백' 이라는 사회적 공황 상태는 바로 이 소설의 작가 키플링이 작품에서 보여주었듯이 더 이상 또 다른 사기와 협잡을 실험하러 길을 떠난 두 사나이의 마음 상태와 별반 차이가 없다.

이 이야기는 어쩌면 극히 사실적이라고 불러야 마땅하다. 신식 총으로 상징되는 문명의 위력과 비밀결사로 상징되는 절대자의 위력은, 동서고금을 막론하고 정복자들이 단골로 사용했던 무기였으니, 우리는 여기서 작가 키플링의 역사적 안목을 읽어낼 수 있다.

그런면에서 '정글북' 의 작가 키플링은 100년 전에 이 소설을 썼음에도 불구하고 이 소설은 특히 우리 현실에 적지 않은 암시를 준다.

원작이 지금과 거의 100년 정도 차이나는 영어로
씌어져 있다 보니, 군데군데 해독이 쉽지 않은 부분이
있었음을 고백한다. 모쪼록 독자 여러분의 가차없는 꾸
짖음을 바랄 뿐이다.

2004년 2월

김 정 우

■차 례■

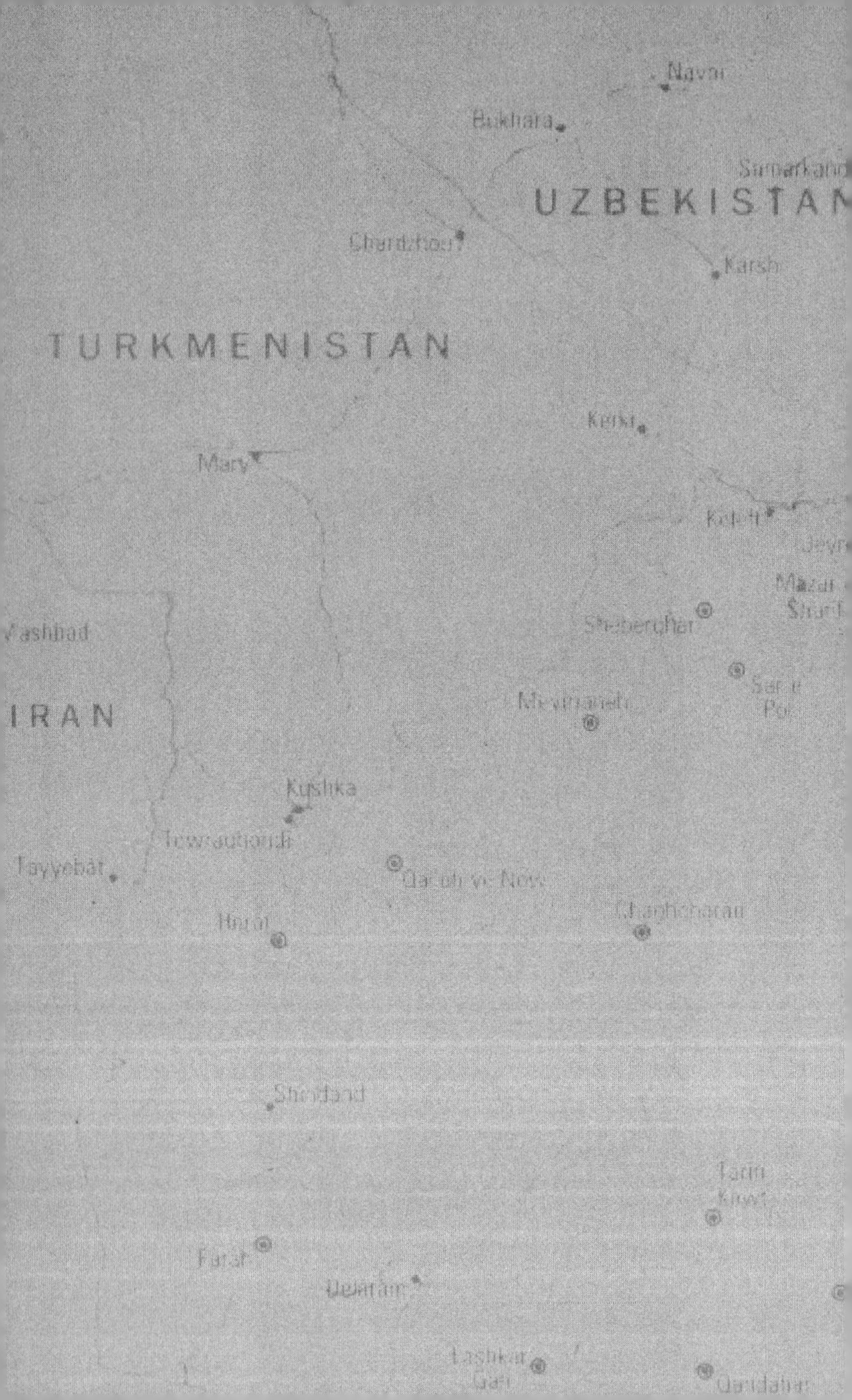

Navai
Bukhara
Samarkand
UZBEKISTAN
Chardzhou
Karsh
TURKMENISTAN
Kerki
Mary
Kelif
Mazar
Sheberghan
Sar-i
Pol
Meymaneh
IRAN
Kushka
Towraghondi
Tayyebat
Qal'eh-ye Now
Herat
Chaghcharan
Shindand
Tarin
Kowt
Farah
Delaram
Lashkar
Gah
Qandahar

1. 프롤로그─기묘한 만남

칸막이의 문을 열고 아래를 내려다보니,

여행 모포를 뒤집어쓰고

불타듯 붉은 수염을 기른 사나이가 눈에 들어왔다.

바로 '그 작자'였다.

깊은 잠에 빠져 있었지만, 갈비뼈를 슬며시 찌르자,

툴툴대면서 눈을 떴다.

객차의 전등 불빛 안으로 그의 얼굴 모습이 보였다.

크고 번쩍이는 얼굴이었다.

프롤로그 — 기묘한 만남

웬만한 사나이라면 왕의 형제도 될 수 있고,

거지의 친구도 될 수 있다.

이 말은 원만한 처신을 가리키는 일종의 원
칙 같은 말이겠지만, 실제 곧이곧대로 실행
하기란 그리 쉽지가 않다. 나는 그 동안 여러
번 거지의 친구가 된 적이 있었다. 그건 왕의 형제가
된다는 일이 과연 의미가 있는지 제대로 알 길이 막막
했기 때문이다. 하지만 왕의 형제가 되었으면 좋겠다

는 생각에는 아직도 변함이 없다. 사실, 나는 진짜 왕이 될 수도 있었던 사나이와 먼 친지가 되어, 하나의 왕국, 그러니까 군대와 법정은 물론, 세금 제도와 국가 정책 등이 완벽하게 갖춰진 당당한 국가를 승계하기로 거의 약속할 단계까지 갔던 적이 있다. 하지만 지금은 왕이 되려던 사나이도 이미 죽었으니, 왕관이 탐이 나면 내 스스로 찾아 나서지 않으면 안 될 판이다.

모든 사건은 인도의 아즈미르에서 므호로 향하는 열차 안에서 처음 시작되었다. 주머니 사정이 좋지 않은 관계로 나는 1등석의 반밖에 안 되는 2등석조차 못 타고, 견디기 어려운 3등석에 구겨져 앉아 여행을 하고 있었다. 여기 객석에는 등받침도 없는 데다가, 승객들은 하층 유라시아 사람이거나 원주민이 대부분이어서, 긴 밤차 여행을 같이 하기에는 지저분하기 이를 데 없었다. 나머지 승객들은 대개 술을 한 잔씩 걸쳐 얼큰해진 건달이었다. 이런 하층민들은 식당차를 이용하지 않는

다. 이들은 보자기나 병에 음식을 넣어 오거나 원주민 행상에게서 과자를 사거나 길가 음료대의 물을 마신다. 그래서 그런지 더운 계절에는 열차 안에서 죽어 나가기도 한다. 그러고 보면 사시사철 이들이 푸대접을 받는 것은 너무도 당연해 보인다.

그 때 내가 타고 있던 3등석은 마침 나시라바드에 도착하기까지 텅텅 비어 있었다. 그런데 바로 그 나시라바드 역에서 키가 크고 눈썹이 짙은 와이셔츠 바람의 신사가 열차에 올라타서 예의 3등석에 자리를 잡았다. 이 신사도 나처럼 여기저기 떠돌아다니는 방랑자 신세였지만, 그래도 위스키에 대해서 만큼은 상당한 조예가 있음이 느껴졌다. 이 사나이는 자기가 겪은 사건, 예컨대 직접 밀림을 헤집고 들어가서 보고 들은 인도 구석구석의 생활상이나 단 며칠 먹을 양식 때문에 목숨을 걸고 모험을 벌인 이야기 따위를 들려주었다.

"만약 인도 전역이 모두 당신이나 나처럼 매일매일 돈벌이를 하는 사람들로 가득 차 있다면, 아마도 인도에서 걷는 세입은 7천만 정도가 아니라 적어도 7억 정도는 될 겁니다."

그 신사가 말했다. 나는 상대방의 입과 턱을 바라보면서, 과연 그럴까 하고 고개를 끄덕이고 있었다.

우리는 정치에 관해서도 이야기를 나누었다. 그래봐야 정작 정치판은 못 가 보고 멀찍이 떨어져서 상황을 바라보는 떠돌이들이 여기저기서 주워 들은 뒷골목 정치 이야기뿐이지만 말이다. 우편 업무에 관한 이야기도 화제에 올랐다. '내 친구'가 마침 다음 정거장에서 아즈미르로 전보를 치고 싶어했기 때문이다▪. 친구는 밥값 정도 겨우 할 수 있는 푼돈밖에 없었으며, 나도 아까 말한 것처럼 허리띠를 졸라매고 또 졸라맬 지경이

<hr>

▪ 아즈미르는 인도의 서부로 여행할 때, 봄베이 선과 므호 선의 분기점이다 —역주.

라서 수중에 돈이 전혀 없었다. 물론 미리 재무성 직원들에게 연락을 취하지 않은 것은 내 불찰이었지만, 나는 거의 황무지나 다름없는 인도의 벽지로 가는 길이었다. 그런 마당에 목적지에 도착한다고 해서 우체국 따위가 있으리라는 기대는 애초에 불가능했다. 이래저래 나로서는 그 친구를 도와줄 수 없는 형편이었다.

"역장을 위협해서 외상으로 전보를 치는 방법도 가능하지요."

친구가 말했다.

"물론 그렇게 되면 당신이나 나한테 이것저것 꼬치꼬치 따지겠지만 말입니다. 요즘 난 쫓겨다니는 신세라서 통 손을 쓸 여지가 없어요. 아, 참, 며칠 있다가 다시 이 노선을 타고 돌아온다고 하지 않았습니까, 선생?"

"열흘이라고 했지요."

내가 대답하자, 그 친구가 말했다.

"한 8일 정도로 단축할 수 없을까요? 사실 그 전보

가 좀 1분, 1초를 다투는 일이라서 말입니다."

"아무래도 열흘 이내에는 전보를 쳐드릴 수 있지만, 일정 단축은 좀 곤란합니다." 나는 말했다.

"하긴 지금 생각해 보니 전보 정도로는 '녀석'을 불러들이기 힘들겠군요. 사실 내가 전보를 보내려는 작자는 23일에 델리를 출발해서 봄베이로 갈 예정입니다. 그러니까 23일 밤 무렵에 아즈미르를 통과하게 된다는 뜻이지요."

"하지만 난 지금 인도 중부 사막으로 들어가는 길이라니까요."

나는 재차 설명했다.

"아니지. 그렇다면 딱 됐어요!" 그 친구가 말했다.

"행선지가 거기라면 선생은 마르와르 환승역에서 열차를 갈아타고 조드포레 지역으로 들어가게 됩니다. 그 길밖에 없으니까 틀림없이 거기서 갈아타게 되시겠지요. 그런데 그 작자도 마침 봄베이 행 우편물 수송 열차로 24일 아침에 마르와르 환승역을 통과하게 된다

이겁니다. 그 시각에 마르와르 역까지 나와주시기만 하면 되는데, 어떻습니까? 선생한테 큰 지장은 없을 것 같습니다만 말이지요. 하긴 선생께서 중앙 일간지 특파원이라고 해도, 사실 인도 중부 지방에서는 기사거리로 건질 만한 뉴스가 전혀 없을 겁니다. 안 그렇습니까?"

"전에도 그런 수법을 쓴 적이 있나요?"

내가 물어 보았다.

"그럼요, 있고 말고요. 하지만 영국인 관리들에게 걸리게 되면 뭐라고 변명을 꺼내기도 전에 무지막지하게 쫓겨나고 말았지만 말입니다. 어쨌든 내 친구, 그 작자에게 반드시 사정을 알리지 않으면 안 됩니다. 내 일정을 알려주지 않으면 그 작자는 어디로 가야 할지 갈피를 못 잡을 테니까요. 그래서 시간에 맞춰 인도 중부에서 빠져나와 가지고 마르와르 환승역에서 그 작자를 만나 달라는 겁니다. 너무도 친절하신 선생께서는 그 작자를 만나서 그냥 '그 친구가 이번 주에 남부에 가 있다'는 말만 전해 주시면 됩니다."

그의 말은 계속 이어졌다.

"그렇게 말하면 그 작자는 그 말이 무슨 뜻인지 충분히 알아듣고도 남을 겁니다. 그 작자는 키가 크고 빨간 구레나룻을 기른 대단한 멋쟁이입니다. 칸막이가 된 이등 객차에서 주변에 아무렇게나 되는 대로 짐을 내려놓고 멀쩡한 신사 차림으로 누워 자기도 하지요. 아니, 뭐 그렇다고 해서 너무 어렵게 생각하실 건 없습니다. 아무튼 객차의 칸막이를 빼꼼히 열고 그 작자가 보이면 '그 친구가 이번 주에 남부에 가 있다'는 말만 전해 주면 됩니다. 그럼 아마 그 작자가 좀 놀라겠지요. 그러니까 선생께서 일정을 한 이틀쯤만 단축하시면 됩니다. 그 작자는 선생을 그냥 서부로 가는 열차 승객 정도로 생각하겠지요."

그가 상당히 힘을 주어 말했다.

"당신은 그럼 어디서 오는 길입니까?" 내가 물었다.

"동부에서 오는 길입니다. 선생의 어머니와 우리의

어머니를 위해서 제발 내 부탁을 들어 주셨으면 정말 고맙겠습니다." 그가 대답했다.

영국 사람들은 어머니의 기억에 호소한다고 해도 좀처럼 기분이 풀리지 않는다. 하지만 이유를 정확히 알 수는 없지만 왠지 그 친구의 부탁을 들어주고 싶었다.

"이건 절대 사소한 일이 아닙니다. 제가 선생께 이 렇게 정중하게 부탁하는 데는 다 그럴 만한 이유가 있 다 이 말이지요. 어쨌든 선생께서 내 부탁 대로 그 작자 에게 말을 전해주는 것으로 알고 있겠습니다. 잘 기억 해 두세요. 마르와르 환승역과 이등 객차 칸막이실입니 다. 그리고 그 안에 누워 있는 붉은 수염의 남자입니다. 어긋나면 절대 안 됩니다. 그는 다음 역에서 내릴 겁니 다. 거기서 그 작자가 직접 나를 찾아오거나, 내가 원하 는 물건을 부쳐올 때까지 기다리는 것이지요. 그때까지 거기 머물러 있을 겁니다."

"제대로 그 사람을 만나게 되면 당신의 메시지를 전해 주지요." 내가 말했다.

"그런데 우리 어머니나 당신 어머니를 위해서 하는 말인데, 충고 한 마디 하고 싶군요. 지금 이런 상황에서 백우즈맨*신문의 특파원 신분으로 인도 중부지방을 누비고 다닌다는 건 엄청 위험합니다. 그 쪽에 진짜 특파원이 집집마다 문을 두드리며 다니고 있으니 말입니다. 자칫 마주치기라도 하면 곤란한 문제가 생기지 않겠습니까?"

"충고는 고맙군요."

그가 짧게 받아 넘겼다.

"그런데 그 돼지 같은 특파원 녀석들이 언제쯤 사라질지 모르겠습니다. 그 녀석들이 내가 하려던 일을 처리한다고 해서 이대로 굶어 죽을 수는 없지요. 사실 디검버 왕을 혼내주고 싶었거든요. 왕의 아버지가 죽고 나서 계모가 죽게 된 미망인 사건 말입니다."

---

* Backwoodsman, 이 단어의 원래 의미는 미개척지나 변경에 사는 주민인데, 실제로는 앨러하바드에 본사를 둔 〈파이오니아〉 신문사를 의미한다. 작가 키플링 자신도 1888년에 여기서 특파원으로 일한 적이 있다―역주.

"왕이 아버지의 미망인, 아니 계모에게 무슨 짓을 했는데 그럽니까?"

"시뻘건 고춧가루를 듬뿍 먹인 채로 기둥에 매달고 마구 때려서 결국 숨이 끊어졌지요. 내가 직접 이 두 눈으로 똑똑히 보았다니까요. 하지만 거기 찾아가서 왕을 위협해 돈을 뜯어낼 용기를 가진 사람은 아마 나밖에 없을 겁니다. 이전에 '전리품'을 얻으러 코르툼나로 찾아갔을 때 그랬던 것처럼, 이번에도 나를 보면 독약을 먹이려 들겠지요. 아, 그건 그렇고, 반드시 내 메시지를 마르와르 환승역에서 그 작자한테 전해 주시겠지요?"

그 친구가 시골 간이역에서 내린 뒤, 나는 생각에 잠겼다.

짐짓 신문사 특파원을 사칭해서, 비리 폭로를 미끼로 작은 왕국에서 돈을 울궈내는 사람들 이야기는 나도 더러 들었지만, 그런 계층의 인간을 직접 만난 일은 없었다. 그런 사람들은 어렵게 어렵게 지내다가 어느 날 갑자기 이 세상을 떠나는 것이 예사이기 때문이다. 인도 오지의 작은 왕국에서는 자기네들의 독특한 통치 방식을 세상에 까발리는 영국계 신문사에 대해 뿌리깊은 공포심을 느끼고 있다. 그래서 자기네 나라에 들어오는 신문사 특파원들에게 정신을 못 차릴 때까지 샴페인을 퍼먹이거나, 엄청난 속도로 달리는 고급 승용차에 태우고 혼비백산하게 만들어 혼을 내는 일이 다반사다. 백성을 지나치게 억압한 나머지 폭동이 일어난다거나 겉으로 드러나는 범죄 행위를 저지른다 해도, 왕이 일년 내내 주정뱅이로 지내거나 병에 걸려 신음한다 해도, 그런 행동이 국경을 벗어나지 않는 한 세상 사람들이 눈 하나 깜짝하지 않으리라는 사실을, 정작 이 작은 왕국의 지배자들은 이해하지 못하는 것이다. 그러한 지방 소왕국은 상상을 초월하는 잔인한 사건이 수시로 벌어지는 지구상의 암흑 세계라고 할 만하다. 한쪽에선 철도나 전신의 혜택을 받고 있는데, 다른 한쪽에선 그 옛날 하룬 알 라시드*시대 그대로라고나 할까…….

나는 열차에서 내려 작은 왕국의 국왕을 여럿 만나 업무를 보았는데, 그 길지 않은 여드레 동안 인생의 많은 변화를 겪었다. 멋들어진 정장 차림으로 왕족이나 실력자들과 어울려 수정 술잔을 기울이면서 은제 그릇에 담긴 음식을 먹는 날이 있는가 하면, 하늘을 보며 땅바닥에 누워 풀잎에 음식을 담아 이것저것 안 가리고 먹으면서 흘러가는 시냇물로 목을 축이고 하인과 함께 담요를 덮고 자는 날도 있었다. 이 모든 것이 그 당시의 일상 그 자체였다.

그러고 나서 나는 약속했던 대로 날짜에 맞춰 열차에 몸을 싣고 거대한 인도의 사막 지대를 향하고 있었다. 야간 우편 열차는 나를 마르와르 환승역에 내려

---

* 766~809, 이슬람 압바스 왕조의 제5대 칼리프로 제국의 태평성대를 구가했음 —역주.

주었는데, 여기는 규모가 만사에 '천하태평'인 인도 사람이 운영하는 자그마하고 재미있는 철도가 조드포레까지 이어져 있다. 델리에서 오는 봄베이행 우편 열차가 여기서 잠시 정차하기도 한다. 내가 도착하기 무섭게, 바로 그 델리발 봄베이행 우편 열차도 빨려들 듯이 역내로 미끄러져 들어왔다. 그래서 황급하게 플랫폼으로 뛰어가 간신히 객차를 찾아냈다. 그 열차엔 2등 객차는 하나밖에 없어서 찾기가 그다지 어렵지는 않았다. 칸막이의 문을 열고 아래를 내려다보니, 여행 모포를 뒤집어쓰고 불타듯 붉은 수염을 기른 사나이가 눈에 들어왔다. 바로 '그 작자'였다. 깊은 잠에 빠져 있었지만, 갈비뼈를 슬며시 찌르자, 툴툴대면서 눈을 떴다. 객차의 전등 불빛이 비춰 그의 얼굴 모습이 보였다. 크고 번쩍이는 얼굴이었다.

"젠장, 또 차표 검사인가?" 그가 말했다.

"이번엔 아니오." 내가 말했다.

"그 남자가 이번 주에 남부에 가 있다는 소식을 전

해 주려고 왔소. 그 남자는 이번 주에 남부에 가 있소. 남부요, 남부!"

열차는 이미 덜컹대며 움직이고 있었다. 붉은 수염 사나이가 눈을 부비면서 말했다.

"그 친구가 이번 주에 남부에 가 있다?"

그는 그 말만 되뇌더니 이렇게 덧붙였다.

"그 친구가 말을 했겠지만, 난 당신한테 동전 한 푼 줄 수 없어. 그럴 마음이 전혀 없거든."

"물론 그런 말은 안 했소."

나는 그렇게 말하고 얼른 열차에서 뛰어 내렸다. 열차의 발그레한 불빛이 어둠 속으로 자취를 감추고 있었다. 바람이 모래를 날리며 불어대서 그런지 날씨는 아주 매섭게 추웠다. 나는 원래 타고 있던 내 기차에 뛰어올라, 곧 잠에 빠져들었다. 물론 이번에는 그다지 지저분한 객차가 아니었다.

만일 그 구레나룻 사나이가 동전 한 닢이라도 던져 주었다면, 나는 기묘한 경험을 기념하는 의미에서 그 동전을 보관해야 했을 것이다. 그러나 보수는 책임을 다했다며 스스로 느끼는 성취감이 전부였다.

시간이 지나면서 생각이 점차 정리되었다. 그 뒤 아마도 그 친구들이 머리를 맞대고 작당하여 신문사 특파원을 사칭하고 다닌다면 백해무익한 안 좋은 상황이 벌어질 게 확실하고, 더군다나 인도 중부나 라즈푸타나 남부처럼 어수선한 작은 국가를 위협하고 다니다가는 엄청난 봉변을 당하기 십상일 것이었다. 그리하여 나는 약간의 번거로움을 무릅쓰고 기억을 더듬어 최대한 정확하게 두 사람의 모습을 묘사하여 문서를 만든 다음, 그런 작자들을 국외로 추방하는 관리에게 그 문서를 보냈다. 그 후로 두 사나이가 데굼버 국경에서 다시 말머리를 돌려 되돌아갔다는 소식이 풍문으로 들려왔다.

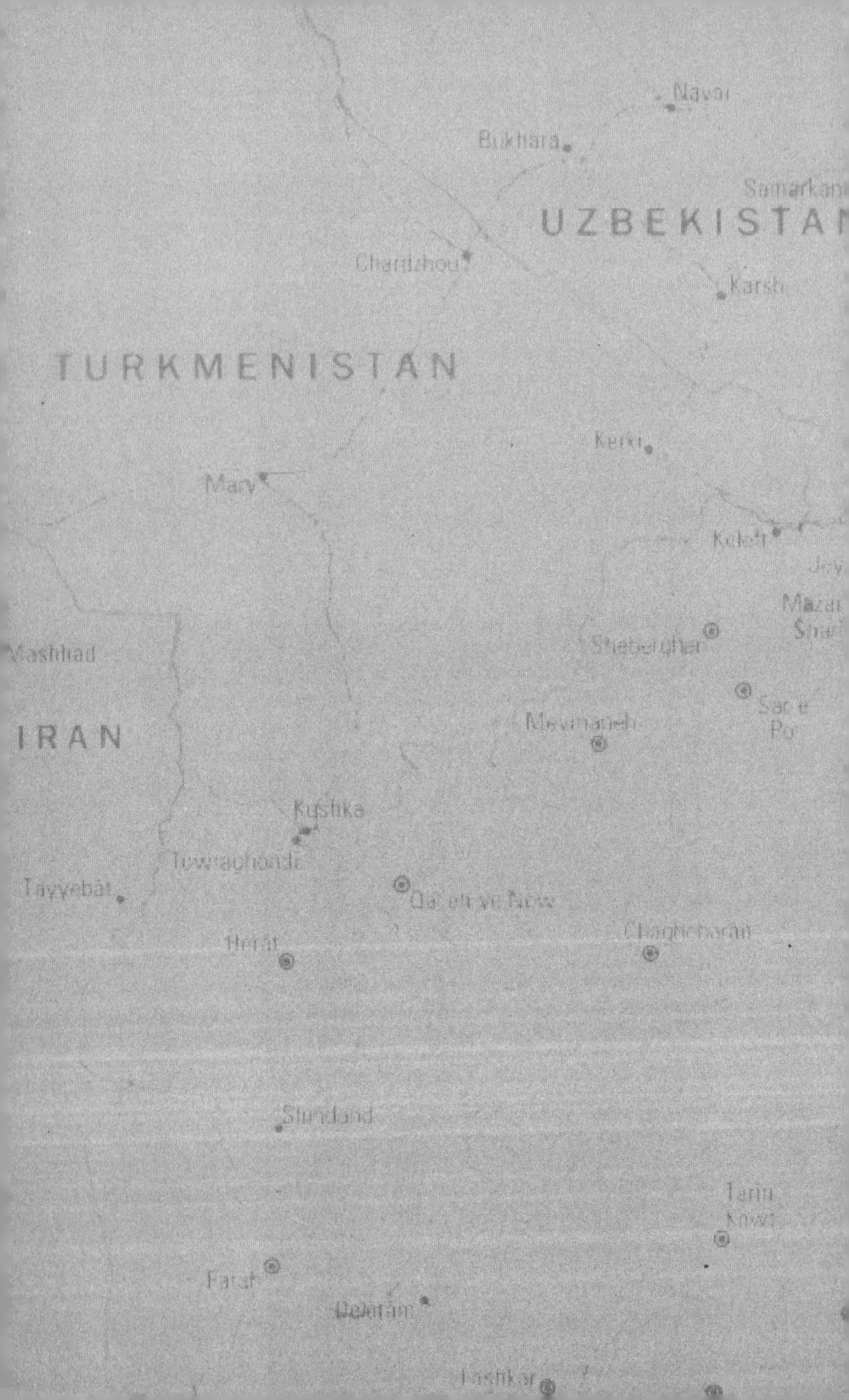
Navoi
Bukhara
Samarkan
UZBEKISTA
Chardzhou
Karshi
TURKMENISTAN
Kerki
Mary
Mashhad
Sheberghan
Sar-e
Pol
IRAN
Meymaneh
Kushka
Towraghondi
Tayyebat
Qal'eh-ye Now
Herat
Chaghcharan
Shindand
Tarin
Kowt
Farah
Delaram
Lashkar

2. 왕과 꿈

"우리는 지난 반 년 동안 자면서도 이 일만 줄곧 생각해 왔소.

여러 서적과 지도를 살펴본 결과,

우리 같은 강한 사나이들이

들어갈 만한 곳은

이 지구상에서

오직 한 군데뿐이라는 걸 알아냈지.

그 땅의 이름은 바로 카피리스탄이오."

왕과 꿈

이제 나는 다시 신분에 걸맞을 만큼 점잖은 신사가 되어 일상의 사무실로 돌아왔다. 거기에는 물론 왕도 흥미로운 사건도 없다. 그저 매일 신문을 제작하는 작업만이 사건이라면 사건이었다. 신문사 사무실에는 엄청나게 다양한 종류의 사람들이 모여드는 것처럼 보인다.

〈기독교 인도 여성 전도회〉라는 단체에 소속된 부인들이 찾아와 다짜고짜 다른 업무는 즉각 제쳐두고 변두리 뒷골목 빈민가에서 거행되었던 기독교 단체 시

상식 행사 기사를 자세히 써 달라고 편집자에게 ·요구하는가 하면, 퇴역한 대령 한 떼가 찾아와 의자에 떡 버티고 앉아서 '고참 대 졸병'이라는 주제로 10회나 12회, 심지어 24회분의 기사거리를 한참 동안 장황하게 설명하기도 한다. 선교사들은 또 자기네들이 통상적인 악역에서 벗어나 좋은 모습으로 그려지도록 신문사 측에서 신경을 써주면 안 되겠느냐는 식으로 은근히 청탁을 해 오기도 한다. 사양길에 접어든 유랑 극단에서는 당장은 광고료를 지불할 능력이 없지만 뉴질랜드나 타히티 공연에서 돌아오면 이자까지 붙여서 갚을 수 있다고 하면서 찾아오기도 한다.

그뿐이 아니다. 자동 부채, 객차 연결 계기, 부러지지 않는 칼 등을 만들어서 특허를 낸 발명가들이 관련 서류를 호주머니에 넣어선 아무 때나 자기 좋은 시간에 들이닥친다. 홍차 회사에서 무턱대고 문을 밀고 들어와서 그것도 사무실 책상에 놓인 펜으로 자기들의 사업 계획서를 한껏 공들여 쓰는 날이 있는가 하면, 무도가 협회의 임원들이 지난번에 개최했던 댄스 행사를 조금 더 부풀려서 상세하게 써 달라고 아우성을 쳐대는 날도 있다. 낯선 부인네들이 성큼성큼 다가와서 '숙녀용 명함 일백 매를 당장 인쇄해 달라'고 말하면서 그게 편집위원의 임무가 아니면 뭐냐고 억지를 쓰기도 한다.

신문사를 찾는 고객은 여기서 그치지 않는다. 인도 각처에 복잡하게 얽혀 있는 간선 도로를 떠도는 방탕한 건달이란 건달은 빠짐없이 신문사 문을 박차고 들어와서 마치 당연한 권리라도 되는 양 자기를 교열부 직원으로 채용해 달라고 생떼를 쓰기도 한다.

이것저것 모든 번거로운 일을 다 처리했다고 해서 신문사 사무실이 조용하기를 바란다면 그건 커다란 오산이다. 잠시도 쉴 틈을 주지 않고 전화벨이 미친 듯이 울려대면서 뉴스거리를 쏟아낸다. 유럽 대륙에서는 국왕 누구누구가 살해당하고 있으며, 황제끼리 서로 '너

도 임마 똑같은 놈이면서 뭘 그래!' 하며 욕을 퍼붓는단
다. 자치령에다 대고 '우라질!'을 연발하는 영국 수상
글래드스턴[*]도 기사에 안 빠지고 등장하는 단골 손님
이다.

원고를 가지러 다니는 검둥이 꼬마는 지친 벌이
내는 소리를 내면서 '원—고 빠—알—리!'를 외치면서
낑낑댄다. 이렇게 애를 쓰고 왔다갔다해도 신문의 지면
대부분은 아직 모드렛[**]의 방패처럼 하얗게 비어있는
상태이다.

그래도 이 때가 일 년 가운데 그나마 견딜 만한 시
기다. 아무도 찾아오지 않고 전화 벨 소리 한 번 울리지
않는 나머지 6개월 동안은 어떤가? 온도계 눈금이 야금
야금 꼭대기까지 올라가면 블라인드를 내린 사무실은

---

[*] William Ewart Gladstone, 1809~1898, 자유당 출신 정치가—역주
[**] 옛 전설에 나오는 아더 왕의 불충(不忠)한 조카로 원탁의 기사 가운데 한 사
람. 용감한 행동을 통해서 얻은 문양이 없었기 때문에 그의 방패엔 아무런 표
시도 없었다고 함—역주

독서등 위로 어둠이 드리워진다. 인쇄기도 손을 댈 수 없을 정도로 뜨거워지며, 기자들도 산악 지방의 피서지 행사를 알리는 오락 기사나 부고 기사 외에는 펜을 들지 않는다. 이렇게 되면 전화 벨 소리에 화들짝 놀라게 된다. 이럴 때 걸려오는 전화는 대부분 가까이 지내던 친구 누구누구가 죽었다는 소식이기 때문이다. 그리고 우리는 망연자실한 표정으로 자리에 앉아 비 오듯 땀을 흘리면서 이렇게 기사를 작성한다.

"쿠다 잔타 칸('신만이 알고 있는 도시'라는 뜻을 가진 지명) 지역에서 들어온 보도에 따르면, 질병의 발병률이 약간 증가했다고 한다. 이 병의 발생은 본질적으로 전혀 돌발적이었지만, 해당 지역 관계 당국의 열정적인 노력 덕분에 거의 소멸된 상태이다. 그렇지만 우리는 이 병으로 숨진 '가족'의 이름을 적으면서 심심한 애도의 마음을 표하는 바다."

정말로 전염병이 발병할 경우라면, 될 수 있는 대

로 취재와 보도를 적게 하는 것이 독자를 훨씬 크게 안심시킬 수 있다. 그래도 황제와 국왕은 예전처럼 제멋대로 이기적인 행동을 하고, 공장장은 공장장대로 일간신문이라면 모름지기 24시간 이내에 나와야 한다고 믿으며, 시원한 산악 피서지에서 한창 늘어지는 족속들은 멋도 모르고 이렇게 지껄여댄다.

"이런 참, 신문에는 눈이 번쩍 뜨이는 소식이 왜 이렇게 안 실리는 거지? 여기만 취재를 해도 기사거리가 넘칠 지경인데 말이야."

이 때가 1년 중 아주 지겨운 6개월이다. 광고 문구처럼 "직접 경험해보지 않으면 '참맛'을 모릅니다!"라고나 할까?

그러던 어느 날이었다. 지겨운 계절 중에서도 어쩌면 최악이었다. 런던 신문의 관행을 좇아 그 주의 최종판, 그러니까 일요일 조간을 토요일 밤에 인쇄하기 시작한 시각이었다. 하긴 이 정도면 그래도 상당히 양호

한 상황이라고 할 수 있다. 신문이 윤전기에 들어가고
나면, 바로 새벽이 되고 새벽이 되면 한 30분 동안 만큼
은 35도까지 치솟았던 기온이 29도까지 떨어지기 때문
이다. 끝없이 펼쳐진 평원에서 섭씨 29도가 얼마나 선
선한가는 애타게 갈구해본 사람만이 안다. 그렇기 때문
에 엄청 피곤한 사람이라면 다시 태양의 열기가 자기
몸을 달구기 전에 만사 제치고 어서 빨리 잠을 청할 수
밖에 없으리라.

예의 그 토요일 밤 나는 혼자서 신문이 윤전기에
들어가는 과정을 즐거운 마음으로 지켜보고 있었다. 그
시간에도 지구 건너편에서는 왕이나 재상, 사교계의 여
인이 위독해지거나 이런저런 사회 단체에서 새로운 법
을 만들거나 무언가 '중대한' 일을 벌이고 있으리라.
하긴 그렇기 때문에라도 신문은 그러한 소식을 전하는
전보를 받기 위해 최대한 인쇄 시간을 늦추어야 하는
것이다.

그 날 밤은 그야말로 칠흑처럼 어둡고, 게다가 6월 치고도 숨이 턱턱 막히도록 무더웠다. 뜨거운 열기를 머금은 서풍이 바짝 마른 나무들 사이로 불어오는 것이 마치 금방이라도 비가 뒤따라 내릴 기세였다. 그러더니 끓어오르는 듯한 물방울이 개구리의 팔짝거림처럼 메마른 대지의 먼지를 적시며 톡톡 떨어져 내렸다. 하지만 이미 더위를 먹을 만큼 먹어 맥이 빠진 세계에서 움직이는 사람들은 그래 봐야 기껏 가랑비 흉내에 불과하다는 사실을 잘 알고 있었다.

사무실보다 인쇄실 쪽이 더욱 선선한 그늘이 져 있어서 나는 거기다가 자리를 잡고 앉아 있었다. 타이 프라이터가 탈칵탈칵 소리를 내고, 쏙독새가 창가에서 울어댔다. 거의 옷을 벗어 던지다시피 한 식자공들이 이마의 땀을 닦아내면서 물을 달라고 외치고 있었다. 서풍이 잠잠해지고 마지막 활자까지 조판이 완료되자, 주위는 질식할 것 같은 열기 속에서도 고요해졌다. 그런 분위기라면 어쨌든 우리를 다시 그 자리에 붙잡아

둘 만한 사건은 영원히 일어나지 않을 것 같았다. 나는 설핏 잠에 들면서도 과연 기다리는 전보가 좋은 소식인지 어떤지 생각해 보기도 하고, 지구 저편의 다종다양한 인간들이 과연 자기로 인해 생기는 온갖 파장을 제대로 알고서 행동하고 있는 건가를 생각하기도 했다. 오로지 더위와 긴장감에서 오는 피로만이 그런 행동에 대한 변명이 될 뿐이다. 그런데 시계 바늘이 세 시를 가리키고, 사전 준비 상태를 점검하려고 두세 차례 기계를 돌려볼 즈음, 나는 갑자기 뭔가 큰 소리로 부르짖고 싶었다.

이윽고 크게 덜컹거리는 윤전기 소리가 고요한 공기를 갈갈이 찢어 놓았다. 이제 됐다 싶어, 자리에서 일어나 사무실을 나가려고 할 때, 흰 옷을 걸친 사나이 둘이 내 앞으로 다가와서 우뚝 버티고 섰다. 첫째 사나이가 "그 신사 맞지?" 하니까, 둘째 사나이가 "그래, 정말 맞아!" 하고 대답했다. 두 사람은 거의 인쇄기 소음만큼 크게 웃고 나서 이마의 땀을 훔쳤다.

"길 건너편에서 보니 불이 켜져 있더군. 우리는 그쪽 시원한 도랑가에서 잠을 청하고 있었는데, 내가 이 친구에게 말했지. '신문사 문이 아직 안 닫혔으니, 같이 가서 데굼버 주에서 우리의 발걸음을 돌리도록 만든 그 양반에게 한번 말이라도 해 보자.'고 말이오."

말을 꺼낸 것은 두 사람 가운데 작은 쪽이었다. 그는 전에 므호선 열차에서 만난 사나이였고, 같이 온 사람은 물론 마르와르 환승역에서 만난 붉은 수염 사나이였다.

나는 그때 한창 잠이 밀려오던 터라, 이런 떠돌이 친구들을 상대하는 일이 그다지 달갑지 않았다. 그래서 내가 퉁명스럽게 물었다.

"무슨 일입니까?"

"어디 시원한 데서 한 30분 정도만 이야기를 좀 나누고 싶소."

붉은 수염의 사나이가 말했다.

"뭐 좀 마실 거라도 있으면 좋겠는데 말이야. 이보

게, 피치! 아직 계약이 시작되지 않았으니까 그런 눈으로 날 쳐다보지 말게나. 음, 기자양반 우리한테 필요한 건 조언이라고, 조언 말이요. 돈이 아니고! 데굼버 주에서 우리를 골탕 먹인 사건을 알고 있을테니, 우리 부탁을 하나쯤 들어 주셔도 되겠지. 안 그렇소?"

나는 인쇄실을 나와서 사방 벽에 지도가 두루 걸려있는 숨막힐 듯한 편집부 사무실로 둘을 안내했다. 붉은 수염 사나이는 두 손을 맞잡으며 들뜬 목소리로 지껄였다.

"맞아. 이거면 돼. 우리가 찾긴 제대로 잘 찾은 셈이야. 자, 기자 선생, 소개하겠소. 이쪽은 피치 카네한이고, 난 그 친구인 다니엘 드라보트라고 하오. 뭐, 우리 직업이야 말을 안 할수록 좋을 테지만, 그래도 간단히 한번 읊어 보지. 거의 안 해 본 일이 없을 만큼 엄청 많은 일을 했거든. 군인도 했고, 배도 탔고, 식자공도 했고, 사진사도 했지. 그뿐인가, 어디! 출판사에서 교정도 봤고, 노상에서 설교도 했고, 한때는 백우즈맨 신문사 특파원도 했소. 그래도 카네한이나 나나 정신은 말짱하지. 먼저 그 점을 분명히 말해 두고 싶소. 자, 우리를 한번 쳐다보시오. 어떻소? 물론 정상이겠지. 그리고 그래야 우리 이야기를 도중에 가로채지 않을 거고 말이오. 시가 담배 한 개피만 얻고 싶소. 불도 좀 붙여 주고."

나는 그냥 그네들이 하는 행동을 지켜보기로 했다. 둘 다 정신은 지극히 멀쩡했다. 그래서 나는 각자 한 잔씩 마시라고 미지근한 위스키 소다를 건네 주었다.

"기가 막히군. 좋아, 좋다니까!"

눈썹이 짙은 카네한이 수염에 묻은 거품을 닦으며 말했다.

"자, 다니엘, 이제 이야기를 시작해 보세나. 선생. 우리는 인도 전역을 두루 다녀 보았소. 주로 발품을 팔아서 말이오. 엔진 조립공도 하고 운전수도 하고 시시한 청부업자 노릇도 했지. 이런저런 일을 다 해보고 나니까 생각이 좀 정리가 되더군. 그러니까 인도란 땅은 우리 같은 사람들한테 너무 좁다는 결론이 났다는 거요."

확실히 편집부 사무실은 그네들한테 너무 좁아 보였다. 둘이 탁자에 떡 하니 버티고 앉으니, 드라보트의 수염이 실내의 반을 채우고 카네한의 어깨가 나머지 반을 채웠으니 말이다.

카네한은 계속해서 지껄였다.

"이 나라는 이제 우리가 작업을 벌일 곳이 거의 없어졌어. 여길 다스리는 작자들이 손가락 하나 찌르지 못하게 눈을 부릅뜨고 있으니 말이야. 놈들은 자나깨나 그 일만 생각하고 있어. 그래서 우리들이 삽을 들어 돌을 깨고 석유를 찾거나, 아니면 뭐 그와 좀 비슷한 낌새라도 보일라치면 관리들이 득달같이 나타나서 우리를 가로막고, '손 대지 마. 우리 것이니까.' 라고 외친단 말이지."

"그래서 그 작자들 말대로 우리도 더 이상은 손을 안 대기로 했소. 대신 여기를 떠나 사람한테 치이지 않고 바로 내 것으로 만들 수 있는 다른 장소를 찾아 나서기로 했지. 우리는 보다시피 산전수전 다 겪어서 뭐

두려울 게 없지. 술만 빼고 말이야. 아, 이 점에 대해서는 이미 계약서에 명시를 했소. 그러니까 기자선생, 지금 우리는 왕이 되려고 여기를 떠나려는 거요."

"우리 자신의 타고난 권리로 왕이 된다는 말이지." 드라보트가 중얼거렸다.

"알 만해."

내가 말했다.

"한낮에 뜨거운 태양 아래서 이리저리 돌아다닌 데다가, 오늘은 밤까지 유난히 덥단 말씀이야. 그러니 왕이 되는 꿈이라도 꾸면서 잠을 청해 보는 것도 괜찮은 아이디어겠지. 그럼, 내일 다시 오시지."

"취하지도 않았고, 일사병에 걸리지도 않았소." 드라보트가 말했다.

"우리는 지난 반 년 동안 자면서도 이 일만 줄곧 생각해 왔소. 여러 서적과 지도를 살펴본 결과, 우리 같은 강한 사나이들이 들어갈 만한 곳은 이 지구상에서 오직 한 군데뿐이라는 걸 알아냈지. 그 땅의 이름은 바로 카피리스탄[*]이오. 내 계산이 맞다면, 거기는 아프가니스탄의 제일 우측 상단 지역으로, 폐샤우르에서 채 500킬로미터도 떨어져 있지 않소. 그 지방 주민들은 32위(位)의 이교도 우상을 숭배하는데, 우리가 들어가면 곧바로 33번째와 34번째 우상이 될 거요. 거긴 산악 지

현재 누리스탄인이 사는 지역

---

[*] 문자 그대로 옮기면 '이교도들의 땅'이 되는데 아프가니스탄 북동부의 황량한 지역을 가리킨다. 현재 공식적인 지명은 '누리스탄'[Nuristan]으로 작품에서 다니엘이 말하는 위치 추정은 조금 막연하고 부정확한 측면이 있음—역주.

대이지만, 여자들만큼은 아주 예쁘다더군."

"그건 안 돼, 다니엘! 계약서에 명시해 두었잖아!"

카네한이 말했다.

"여자도 안 되고, 술도 안 된다고!"

"이게 우리가 지금까지 알고 있는 전부요. 그 밖에
아직 그 지방에 들어간 외지인이 한 사람도 없고, 주민
들이 서로 싸운다는 소문 정도를 들어서 알고 있소. 사
람들이 서로 싸우는 곳에서는 어디서나 병사를 제대로
훈련시키는 자가 왕이 될 수 있는 법이오. 우리는 거기
가서 왕을 만나는 족족 이렇게 말할 참이오. '자네, 원
수를 무찌르고 싶지?' 라고 말이지. 그리고 이내 훈련하
는 광경을 왕에게 보여주는 거야. 다른 분야는 몰라도
이런 건 우리 전공이니까, 우리가 누구보다 잘 한다는
말이오. 물론 그 다음에는 왕을 옥좌에서 끌어내리고,
새 왕국을 세우는 거지."

"국경을 넘어 80킬로미터도 못 가서 갈기갈기 찢
겨 죽을 텐데?"

내가 말했다.

"그 나라로 들어가려면 반드시 아프가니스탄을 거쳐야 하지. 그런데 아프가니스탄은 온통 산봉우리와 빙하 덩어리로 뒤덮인 땅이란 말씀이야. 그 지역을 빠져나간 영국 사람은 아직까지 한 사람도 없었으니까. 그곳 주민들은 순전히 야만인 그 자체라네. 설령 카피리스탄에 도착했다 하더라도 그런 사람들을 데리고 뭘어쩌겠다는 건지 모르겠소."

"그럴 수도 있겠지."

카네한이 말했다.

"우리를 미친 사람처럼 생각한다면 우리로서는 오히려 감지덕지라고나 할까, 훨씬 좋지. 우리가 당신한테 온 이유도 이 나라의 사정을 알아보고, 이 나라에 대해 쓴 책을 읽고, 이 나라의 지도를 얻으려는 거요. 그냥 우리를 바보라고 생각하고 책만 보여 주면 된다 이 말이오."

말을 마치면서 그가 책장 쪽으로 눈길을 돌렸다.

"지금 진심이요?"

나는 말했다.

"물론 진심이지." 드라보트가 부드럽게 말했다.

"카피리스탄에 관한 자료라면 뭐든 다 좋소. 설령 카피리스탄 지역이 아무 표시도 없는 공백으로 되어 있을지라도 선생이 가진 커다란 지도도 좋고, 내용은 상관없으니 관련된 책을 좀 빌려주셔야 되겠소. 교육은 별로 못 받았지만 그래도 글자 정도는 읽을 수 있으니 까."

나는 5만 분의 1 축적으로 된 대형 인도 지도와 그보다 적은 소형 변경 지도 두 권을 함에서 끄집어내고, 대영백과사전의 'I—K' 부 한 권을 책장에서 꺼냈다. 둘은 그 자료를 살펴보았다.

"여기야, 여기!"

드라보트가 엄지손가락으로 지도의 한 부분을 가리키며 말했다.

"자그달라크까지는 카네한과 내가 길을 알고 있

지. '로버트 군단'■과 함께 거기 머물렀던 적이 있었으니까. 자그달라크에서 완전히 오른쪽으로 방향을 틀어야 라그흐만 지역으로 들어갈 수 있지. 그러면 바로 산악 지대가 나온다네. 고도가 아마 4천 내지 5천 미터 정도 된다지? 그런 데서 활동을 하자면 엄청나게 추울 거야. 지도상으로만 보면 별로 안 멀어 보이는데 말이야. 안 그런가?"

나는 그에게 〈옥서스의 자원〉이라는 제목이 붙은 우드의 저서를 한 권 건네 주었다. 카네한은 백과사전에 완전히 푹 빠진 모양이었다.

"이거 뭐가 이렇게 얽히고 설켰는지, 엄청 복잡하군."

드라보트가 무언가 골똘히 생각에 잠겨 말했다.

"부족 이름 따위야 알아 봐야 우리한테 하등 도움

■ 이 부분의 진술은 1878년에서 1880년까지 벌어졌던 제2차 아프간 전쟁과 관련되어 있는데, 이 전쟁에서 총사령관 프레데릭 로버트는 자신의 군대를 이끌고 카불에서 칸다하르까지 장장 500킬로미터가 넘는 행군을 감행했음—역주.

이 안 되지. 그냥 수효만 많으면 되는 거야. 부족이 많으면 많을수록 싸움도 잦을 테고, 싸움이 잦아지면 그만큼 우리에겐 유리하니까 말이야. 자그달라크에서 아스항으로 들어가는 거야!"

"그 나라에 대한 정보는 극히 엉성하고 내용도 엉망인데."

이 말은 일종의 불만처럼 들렸으리라.

"실제로는 그 지역에 대해서 제대로 알고 있는 사람은 아무도 없다네. 여기 벨류라는 사람이 쓴 다른 자료가 있으니, 한번 읽어보게."

"벨류든 벨로우든 됐소."

카네한이 말했다.

"다니엘, 거기 주민들은 기분 나쁜 이교도인데, 여기 이 책에는 그네들이 우리 영국인과 연관이 있다고 생각한다는 구절이 있어."

두 사람이 우드의 책과 백과사전에 열중하고 있는 동안 나는 담배를 한 대 피워 물었다.

"선생은 여기 안 있어도 돼."

드라보트가 공손하게 말했다.

"벌써 새벽 4시 어름이군. 자고 싶으면 숙소에 들어가서 자도록 하시오. 우리는 늦어도 아침 6시 이전에 떠날 테니. 아, 물론 여기 있는 물건은 종이 조각 하나라도 슬쩍하지 않아. 그러니까 우리가 갈 때까지 그대로 자고 있어도 된다는 뜻이지. 우리는 말하자면 해롭지 않은 미치광이들이니까. 내일 저녁 세라이까지 내려와 주면, 작별 인사를 나눌 수 있겠지만 굳이 강요는 안 하겠어."

"당신들 둘 다 진짜 어리석군, 어리석어!"

나는 이렇게 대답했다.

"국경에서 쫓겨오거나 그렇지 않으면 아프가니스탄에 발을 들여놓기가 무섭게 목이 달아날 테니 말이야. 정신들 차리시게. 돈이나 어디 추천장이 필요하다면 다음 주쯤 구직 기회를 만들어 줄 수도 있으니까."

"고마운 말씀이지만, 다음 주는 아마 우리 얼굴 보

기 힘들 거요. 계획한 작업을 열심히 하고 있을 테니 말이지."

드라보트가 말했다.

"왕이 된다는 게 어디 곁에서 보는 것처럼 쉬운 일이겠소? 우리가 왕국의 치안을 정비하는 대로 연락을 드리리다. 그럼 그때 와서 우리를 도와서 왕국의 일부를 다스려 주는 거요."

"정신병자 두 사람이 이런 계약서를 작성할 수 있을 것 같소?"

카네한은 애써 자랑스러운 속내를 누르면서 땟국이 자르르한 노트 반쪽을 보여주었다. 거기에는 다음과 꼬질꼬질한 글이 적혀 있었다. 나는 호기심에서 이 '문서'를 즉각 베껴 놓았다.

카네한이 소박하게 얼굴을 붉히며 설명을 덧붙였다.

"마지막 항목은 불필요하지만 그래도 이렇게 해야 제대로 형식을 갖춘 문서처럼 보이니까 이해해 주시오. 아마도 선생은 건달 정도가 엉터리로 작성한 문서라고

귀하와 소생의 이 '계약'은 신의 이름으로 약정된 것임. 아멘...

(1조) 귀하와 소생은 함께 이 문제를 처리할 것. 즉 카피리스탄의 왕이

되는 일임.

(2조) 귀하도 소생도 이 일을 하는 동안에는 어떤 착오에 휩쓸리지 않

도록 술과 여자에겐(흑인이건 백인이건 갈색이건) 일체 눈을 주

지 않을 것.

(3조) 우리들은 위엄과 분별을 갖고서 행동할 것. 그리고 만일 우리 가

운데 한 사람이 곤란을 당하면 나머지 한 쪽은 이를 지원해야 함.

월   일 두 사람의 서명

피치 다리아페조 카네한

다니엘 드라보트

두 사람 모두 실업자임

우습게 여기시겠지만, 그건 아니오. 아, 물론 인도를 빠져나가기 전까지는 분명히 건달이 맞소. 하지만 우리가 진지하지 않다면 어찌 이런 계약서에 서명을 할 수 있었겠소? 우리는 세상을 달콤하고 안달나게 만드는 두 가지와 인연을 끊어버렸다 이거지."

"그런 바보 천치 같은 모험을 하면 짧은 인생이 더 짧게 되고 말아. 사무실에 불이나 나지 않도록 해 주게. 아, 그리고 아침 9시까지는 여길 떠나들 주게."

그때까지 지도를 찬찬히 바라보면서 계약서 뒷면에 무언가 메모를 써 넣고 있는 두 사람을 남겨 놓고 방을 나왔다.

"내일 꼭 세라이까지 내려와 주시오."

이것이 둘이 내게 던진 작별 인사였다.

Navai

Bukhara

Samarkan

UZBEKISTAN

Chardzhou

Karshi

TURKMENISTAN

Kerki

Mary

Keleft

Mazar
Shar

Sheberghan

Sari
Pul

Maimaneh

Kushka

Towraghondi

IRAN

Tayyebat

Qarah ye Now

Chaghcharan

Herat

Mashhad

Shindand

Turra
Kowt

Farah

Delaram

Lashkar
Gah

3. 출발 — 캐러번을 따라서

"아직은 아니지만 어떻게 되겠지, 뭐.

　　선생을 기념할 만한 징표를 하나 주지 않겠소?

선생은 어제도 그랬지만 마르와르에서 만났던

　　그때도 우리를 도와주었지.

　　　거짓말 안 보태고 정확하게

　　　　　우리 왕국의 절반을 드리리다."

쿰하르센 세라이는 북쪽에서 온 낙타와 말의
무리가 짐을 싣고 내려놓고 하는 커다란
장방형 분지다. 여기서는 중앙 아시아의
모든 종족을 볼 수 있으며, 인도의 거의
토종 부족을 만날 수 있다. 발크와 부하라 사람이 벵골
과 봄베이 사람과 만나 물건을 교환하는 곳도 바로 여
기이다. 쿰하르센에서는 망아지와 터키 곡옥(曲玉), 페
르시아산 고양이, 굵은 꼬리 양, 말 안장, 사향 따위를
살 수 있는가 하면, 갖가지 진귀한 물건을 공짜로 얻을

수도 있다.

　오후가 되자, 나는 두 '친구'가 진지하게 약속을
지키려는지 아니면 그냥 술에 취해서 곯아떨어져 있는
지 알아보러 사무실을 나섰다.

　리본과 누더기 조각을 몸에 두른 사제 한 사람이
짐짓 심각한 표정으로 어린이들이 갖고 노는 바람개비
를 돌리면서 나에게 가까이 다가왔다. 사제의 뒤로는
하인이 진흙 장난감 상자를 무거운 듯 지고 낑낑대며
따라오고 있었다. 둘은 낙타 두 마리에 짐을 실어 올리
는 중이었다. 그러자 세라이의 주민들이 킥킥대면서 이
들을 바라보았다.

　"사제가 미쳤군."

　말을 파는 상인 한 사람이 불쑥 말했다.

　"카불까지 가서 국왕에게 장난감을 팔려고 한다지
요, 아마. 상을 받든지, 목을 베이든지 둘 중의 하나겠지
요. 오늘 아침부터 여기 와서 쭉 저렇게 이상한 짓거리

를 하고 있다니까요."

"우직한 자에게 신의 가호가 있을지어다."

뺨이 두툼한 우즈벡 사람이 어눌한 힌디어 사투리로 더듬대며 말했다.

"우직한 자는 미래의 일을 예언하기도 하느니라."

"우리 캐러번(대상)이 최소한 산길 근처까지 가기 전에는 신와리스 부족의 습격을 받지 않을 거라는 예언은 안 해주려나!" 유수프자이 부족인 라즈푸타나의 무역상이 목소리를 높였다.

팔려던 물건이 국경을 넘자마자 모조리 강도들의 손아귀로 들어가고, 그래서 그의 불운이 두고두고 장터 사람들의 웃음거리가 되고 있었기 때문이다.

"오호라, 사제님은 어디서 와서 어디로 가는 길이신가?"

말이 떨어지기가 무섭게 바람개비를 이리저리 흔들면서 사제가 큰소리로 대답했다.

"난 로마에서 왔소. 로마에서 일백 마리 악마의 숨

결에 날려 바다 건너 왔다오! 오호, 도둑이여, 강도여, 거짓말쟁이여, 피르 칸의 축복이 개 같은 인간과 욕심쟁이, 위증자에게도 내리기를 바라노라! 북쪽으로 가서 강력한 부적을 국왕에게 팔 수 있도록 신의 가호를 가져다 줄 자 그 누구인가? 나를 캐러번에 끼워주는 자들이여! 그대들의 낙타는 상처가 나지 않고 그대들의 자식은 병에 걸리지 않으며, 그대들의 아내는 남편이 없어도 거룩한 정절을 지킬 것이니라."

사제는 헐렁한 옷소매를 위로 젖힌 다음, 말을 매어둔 끈 사이로 그럴 듯한 몸짓을 하며 빙글빙글 돌았다.

"20일 후에 페샤우르에서 카불로 향하는 캐러번이 출발합니다, 사제님."

유수프자이 부족 상인이 말했다.

"제 낙타들도 함께 가지요. 사제님도 함께 가시면서 우리에게 행운을 빌어주시지요."

"나는 지금 당장이라도 가야 해."

사제가 부르짖었다.

"날개 달린 낙타를 타고 한 나절 안에 페샤우르에 도착하련다! 어이, 준비 됐나? 미르 칸!"

사제가 하인을 향해 소리쳤다.

"낙타를 이리 대령하게. 나부터 낙타에 올라타겠어."

낙타가 무릎을 꿇자 사제는 낙타 등에 휙 올라타고 나서 나를 돌아보며 외쳤다.

"선생, 그대도 잠시 동행하세 그려! 그리하면 그대에게 부적을 팔리다. 그대를 카피리스탄의 왕으로 만들어줄 부적 말이야."

그제야 나도 눈치를 챘다. 그리하여 나는 두 마리 낙타를 따라 세라이를 떠나 한길로 접어들었다. 그 때 갑자기 사제가 행렬을 멈추었다.

"어땠소?"

사제가 이제 영어로 말했다.

"카네한이 그 쪽 사투리를 못하기 때문에 내 하인으로 삼았지. 딴은 너무 과분한 하인이지만 말이오. 이

나라를 14년 동안 공연히 쏘다닌 것은 아니니까. 아까 지껄인 대사도 괜찮지 않았소? 우리는 페샤우르에서 캐러번에 끼어 자그달라크까지 갈 작정이오. 그런 다음에 거기서부터 낙타를 대신할 당나귀를 구할 수 있을지 알아보고, 바로 카피리스탄으로 들어갈 거요. 물론 거기 가서 국왕에게 바람개비, 아니, 이거 죄송하지만, 낙타 주머니에 손을 한번 넣어 보시오. 뭐가 들어있소?"

손가락에 소총의 개머리판이 닿았다. 그것도 한두 정이 아니었다.

"모두 스무 자루요."

드라보트가 차분하게 말했다.

"소총 스무 정과 필요한 탄약을 바람개비와 진흙 인형 아래 숨겨 놓았소."

"그런 물건을 소지하고 있다가 붙들리면 어떻게 되는지는 아실 텐데?"

내가 말했다.

"아프가니스탄의 파탄 부족 사람들한테는 이 소총 한 자루가 동일한 중량의 은과 맞먹는 가격이지. 천오 백 루피라는 돈이 이 낙타 두 마리에 투자되어 있소. 물 론 그건 우리가 구걸하거나 빌리거나 아니면 훔친 돈 이지만 말이오."

드라보트가 말했다.

"우리들은 잡히지 않아. 정상적인 캐러번 일행과 함께 카이버 고개를 넘을 예정이니까. 살짝 미친 가난 한 사제를 누가 건드리겠나 말이야."

"그럼, 필요한 물품은 다 구한 거요?"

나는 놀라움에 압도되어 이렇게 물었다.

"아직은 아니지만 어떻게 되겠지, 뭐. 선생을 기념 할 만한 징표를 하나 주지 않겠소? 선생은 어제도 그랬 지만 마르와르에서 만났던 그때도 우리를 도와주었지. 거짓말 안 보태고 정확하게 우리 왕국의 절반을 드리 리다."

그래서 나는 시계 줄에서 조그마한 장식용 나침반

을 떼내어 '사제'의 손에 넘겨주었다.

"잘 가시오!"

드라보트가 신중하게 손을 내밀며 말했다.

"아마도 앞으로 여러 날 동안 영국인과 악수할 일
은 오늘 말고 따로 없겠지. 카네한, 자네도 악수를 해두
지 그래?"

두 번째 낙타가 내 곁을 지나갈 때 들려온 외침이
었다.

카네한은 몸을 숙여 나와 악수했다. 이윽고 두 마
리의 낙타는 먼지투성이 길을 따라 사라져갔다. 나는
혼자 거기 남아 잠시 생각에 잠겼다. 적어도 내 눈으로
는 그들의 변장한 모습에서 전혀 이상한 구석을 찾을
수 없었다. 세라이에서 두 사람은 털끝만큼도 의심을
사지 않았다. 다시 말해서 카네한과 드라보트가 아무에
게도 들키지 않고 아프가니스탄을 통과할 수 있을지도
모른다는 뜻이다. '아니, 그래도 결국 둘은 싸늘한 주검
으로 발견될 거야, 아주 잔인하게 말이지.'

열흘 후, 페샤우르의 원주민 통신원이 그 날의 사건 기록을 알려 왔다. 통신문은 이러했다.

"어떤 미친 사제 때문에 여기는 온통 웃음 바다임. 이 사제는 아주 용한 부적을 부하라의 왕(아프가니스탄의 왕을 가리킴)에게 팔러 간다고 하지만, 물건을 잘 들춰 보면 싸구려 장식품이나 별 볼일 없는 액세서리가 태반임. 사제 일행은 페샤우르를 통과하여, 카불로 들어가는 캐러번 대열에 합류했음. 상인들은 저런 미치광이들이 행운을 가져온다는 미신을 믿기 때문에 내심 즐거워하고 있음."

소식을 듣고 보니 둘은 국경을 넘은 모양이었다. 나는 둘을 위해 기도를 올리고 싶은 심정이었다. 그러나 마침 그날 밤 유럽의 '진짜' 국왕이 서거한 관계로 나는 부고 기사에 매달리지 않으면 안 되었다.

4. 작은 시작, 큰 성공

'우리 사업이 방금 시작된 거야.

우린 저 열 명을 위해 싸운다.'

그러면서 말을 마치기가 무섭게

스무 명 쪽을 향해서 두 발을 쏘았지.

그랬더니 드라보트가 걸터앉은 바위에서

한 2백 미터 정도 떨어진 곳에 있던

한 녀석에게 명중한 모양이야.

작은 시작, 큰 성공

세월도, 인생사도 어슷비슷한 모습으로 다
시 또 다시 흘러간다. 여름이 지나면 겨울이
오고, 또 여름이 오고 겨울이 되기를 무수히
반복한다. 일간 신문이 하루도 쉬지 않고 나오기에 나
도 그 일에 묻혀 일상을 보내고 있었다.

그렇게 해가 세 번 바뀐 어느 여름 날, 말 그대로
더워서 팔짝 뛸 것 같은 밤이었다. 밤에 일단 조판을
마치고, 세계의 반대편에서 혹시 무슨 전보라도 날아
오지 않을까 하고 기다리는 긴장된 기분은 예전과 하

나도 다르지 않았다. 지난 2년 동안 유명 인사 두엇이 세상을 떠났고, 인쇄기의 소음은 더욱 요란해졌으며, 신문사 정원에 심었던 나무는 키가 훌쩍 더 자랐다. 하지만 그런 정도가 주변에서 일어난 변화의 전부였다.

나는 인쇄소에 들러 방금 앞에서 이야기한 내용과 똑같은 장면을 되풀이하고 있었다. 신경계의 긴장감은 2년 전보다 훨씬 강하고 그래서 그런지 더위도 한층 더 극심하게 느껴졌다.

3시에 '인쇄!' 하고 외치고 돌아설 때였다. 사람 형체를 한 무언가가 내 의자를 향해 기다시피 다가오는 것이었다. 몸은 앞으로 둥그렇게 구부러져 있었고, 머리도 양어깨 사이로 푹 파묻힌 모습이었다. 사나이는 마치 커다란 곰처럼 쿵쿵거리며 한 걸음 한 걸음을 힘들게 떼어놓고 있었다. 걷는 모습인지, 기는 모습인지도 분간이 안 되는 와중에, 누더기를 걸친 그 절름발이가 거의 흐느껴 우는 소리로 내 이름을 불렀다. 그러면서 자기가 돌아왔다고 외치고 있었다.

"제발, 마실 것 좀!"

이제 목소리는 완전히 울음 소리였다.

"제발, 제발, 마실 것 좀!"

내가 사무실로 가자 사나이도 괴로운 듯 신음 소리를 내면서 뒤를 따라왔다. 나는 등잔의 심지를 길게 돋우었다.

"선생, 날 모르겠소?"

그는 마치 당장이라도 의자에서 굴러 떨어질 듯이 불안한 자세로 의자에 앉아 숨을 헐떡이며 짧게 내뱉었다. 그러고 나서 쑥대밭처럼 회색 머리카락이 반쯤 뒤덮은 일그러진 얼굴을 불빛 쪽으로 돌렸다.

그제서야 나는 상대방을 찬찬히 쳐다보았다. 콧등 언저리까지 내려온 두터운 눈썹은 언젠가 본 기억이 어렴풋이 났지만, 어디서 그 눈썹을 보았는지는 아무리 생각해도 기억나지 않았다.

"글쎄, 기억이 없는데……?"

나는 위스키를 건네주면서 짧게 말했다.

"그런데 뭘 도와 드릴까요?"

그 사나이는 위스키를 병째로 들고 꿀꺽 한 모금 마시더니, 숨이 턱턱 막혀 오는 더위에도 아랑곳하지 않고 왠지 온몸을 떠는 것이었다.

"돌아왔소."

사나이의 말이 이어졌다.

"난 카피리스탄의 왕이었소. 나도 드라보트도 버젓한 왕관을 쓴 왕이었단 말이오! 바로 여기 이 방에서 마음을 정했지. 거기 앉아 있던 선생은 우리에게 책을 빌려 주었지. 내가 피치요, 피치. 탈리아페로 카네한 말이오. 선생은 그때부터 쭉 여기 앉아 있었던 모양이군. 오, 하느님!"

난 적잖게 놀랐다. 물론 놀란 심정은 내 얼굴에 그대로 드러났으리라.

"사실이지, 사실이고 말고!"

피치 카네한은 누더기에 싸인 다리를 만지면서 건조한 음성으로 더듬거렸다.

"이건 확실하단 말이야. 우리는 머리에 왕관을 쓴 왕이었어. 나도 드라보트도 말이야. 아, 불쌍한 다니엘, 불쌍한…… 단! 내가 그렇게도 여러 번 말렸는데, 그 친구는 내 충고를 아예 받아들이려고도 하지 않았어!"

"위스키라도 좀 드시오. 그럼, 좀 기분이 가라앉을 테니 말이오. 처음부터 끝까지 기억해낼 수 있는 건 모조리 남김없이 이야기해 보게나. 자네들은 낙타를 타고 국경을 넘었지. 드라보트가 미친 사제로, 자네가 그 하인으로 변장하고 말이야. 물론 기억이 나겠지. 안 그런가?"

"난 아직 미치지 않았지만, 곧 그렇게 되고 말겠지. 물론 잘 기억하고 있소. 계속해서 나를 바라보시오. 안 그러면 내 말이 중간에서 끊길지 모르니까. 눈만 쳐다보고 절대 말은 하지 마시오."

나는 몸을 앞으로 숙여서 될 수 있는 대로 그에게 가까이 다가가면서 그의 얼굴을 주시했다. 카네한이 한 팔을 털썩 탁자에 떨어뜨렸기 때문에 내가 그 손목을 붙잡았다. 손이 마치 새의 발처럼 까칠해졌고 손등에도 붉은 다이아몬드 모양의 상처가 어지럽게 생겨 있었다.

"아니, 거기를 보지 말고 나를 봐야지."

카네한이 말했다.

"그 상처 이야기는 나중에 다시 할 테니 말이야. 그러니 지금은 제발 내 머리를 혼란스럽게 만들지 마시오. 우리는 캐러번 일행과 함께 길을 떠났지. 일행을 즐겁게 해주려고 나와 드라보트는 온갖 익살맞은 짓을 다 해 보였지. 일행이 모두들 자기네 저녁 식사 준비를 하고 있을 때 보통 드라보트 녀석이 웃음거리를 선사하곤 했어. 그리고 또 뭐가 있더라? 그렇지. 일행이 모닥불을 피웠는데 그 불똥이 드라보트의 붉은 수염에 튀어서 다들 죽어라고 웃었지. 조그만 불똥이 드라보트의 붉은 수염으로 튀었으니 말이야. 어찌나 우습던지 나도 혼났지."

그의 눈이 잠시 내 눈에서 떠나더니, 그의 얼굴에 백치 같은 미소가 떠올랐다.

"어쨌든 장작에 모닥불을 붙이고 자네들은 캐러번 일행과 함께 자그달라크까지 갔겠군."

난 짐작으로 말해 보았다.

"자그달라크까지 가서 방향을 틀어 카피리스탄으로 들어갔을 테고. 안 그런가?"

"아니, 둘 다 틀렸어. 전혀 아니지. 길이 괜찮다는 소문을 들어서 우리는 자그달라크 못 미쳐서 길을 꺾었지. 그런데 막상 가고 보니 나와 드라보트, 낙타 두 마리가 갈 수 있는 길이 전혀 아니었거든.

아, 참, 캐러번과 헤어지고 나서 드라보트와 나는 그때까지 입었던 사제와 하인 복장을 벗어던지고 완전히 옷을 갈아입고, 이교도라고 표시를 내고 다니는 상태였지. 왜 그랬느냐 하면, 카피리스탄 사람들은 이슬람 교도에게 말을 안 걸거든. 그래서 우리는 어중간한 옷차림을 했지. 우리가 입었던 복장은 상상도 못할 만큼 웃기는 모습이었어. 앞으로도 그런 복장은 절대 볼 수 없을 거야. 드라보트는 구레나룻을 반쯤 태워버리고, 어께에 양의 가죽을 걸친 데다가 머리도 가운데 여러 갈래 길이 나도록 듬성듬성 깎아 버렸지. 녀석이 내 머리도 깎고 도발적인 옷을 입혀서 꼭 이교도처럼 보이게 만들어 주었어.

거긴 대부분이 산악 지대였지. 그래서 그런지 우리 낙타는 한 발자국도 앞으로 나아가지 못했어. 우리 낙타는 크고 검은 놈들이었는데, 야생 염소처럼 싸우는 모습을 본 적도 있지. 참, 카피리스탄에는 야생 염소가 많아. 그리고 그 산(山)이라는 놈도 야생 염소처럼 가만히 있지 않는단 말씀이야. 변덕을 부리면서, 밤에도 편히 잠을 못 자게 하거든."

"위스키 한 모금 더 하게나."

나는 아주 느릿느릿 말했다.

"그래, 카피리스탄으로 가는 길이 너무 험해서 낙타가 전진하지 못하게 됐다고 했지? 그때 자네와 드라보트는 어떻게 했나?"

"어떡하긴 뭘 어떡해? 드라보트와 피치 탈리아페

로 카네한은 항상 옆에 붙어 다녔지. 마치 서로가 자신의 반쪽이라도 되는 것처럼 말이야. 잠깐 드라보트 이야기를 해줄까?

그 친구는 거기서 엄청난 추위 속에 죽어서 없어졌어. 다리에서 발이 미끄러지더니 싸구려 바람개비처럼 공중에서 몸이 빙글빙글 돌다가 뒤집어지다가 밑으로 떨어졌어. 왕한테 팔 수 있는 그 바람개비처럼 말이야. 아니 그렇군, 그래도 아주 싸구려는 아니지. 그 바람개비 말이야.

낙타가 무용지물이 되자, 내가 드라보트에게 말했지. '우리 목숨이 날아가기 전에 뭔가 수를 내서 여기를 빠져나가야지.' 그래서 우리는 산중에서 낙타를 모두 죽여버렸어. 특별히 먹을 게 전혀 없었거든. 그리고 총과 탄환이 든 상자를 챙기고 있는데, 마침 두 사나이가 노새를 네 마리 몰고 지나가더군. 드라보트가 녀석들 앞에 나가 춤을 추면서 노래하듯이 '노새 네 마리를 팔아라!'고 했지. 그러자 한 녀석이 이렇게 말하더군. '그래? 노새를 살 돈이 있으면 강도를 당할 돈도 있겠군.' 하지만 그 녀석이 미처 자기 칼에 손을 대기도 전에 드라보트가 목을 꺾어버리니까 나머지 한 녀석은 그냥 걸음아 날 살려라 하고 달아나 버렸지. 그래서 낙타에서 내린 총을 노새에 싣고, 둘이 함께 추위가 뼛속까지 스미는 산중을 향해 다시 길을 떠났지. 하긴 뭐 그 길이란 게 그저 사람 손바닥만한 크기였지만 말이야."

카네한이 잠깐 말을 멈춘 사이에 나는 그가 갔던 나라의 여러 특성을 기억할 수 있겠느냐고 물었다.

"지금 될 수 있는 대로 사실 그대로를 선생에게 이야기하고 있긴 한데, 아무래도 머리가 이전보다 좋지 못해서 말이야. 드라보트가 죽을 때 어떻게 죽는지 똑똑히 들으라고 놈들이 내 머리에 못을 박았거든.

그 나라는 산악 국가였고, 그래서 노새도 제대로 견뎌내지 못할 정도였어. 게다가 주민들도 여기저기 흩어져 있어서 살다 보니 참 외롭겠다 싶은 곳이지. 우리 둘은 기어오르다가 다시 미끄러지고, 기어오르다가 다시 미끄러져 내려가기를 반복했어. 나는 눈사태라도 날까 봐 드라보트에게 노래나 휘파람 좀 작작 불라고 핀잔을 주었지. 그랬더니 드라보트는 왕이 노래도 부를 수 없으면 그게 어디 제대로 된 왕이냐고 오히려 큰소리로 나무라더군.

우리는 그렇게 노새 꽁무니를 때리면서 잠시도 쉬지 않고 그 추운 날씨 속에 열흘 동안 걷고 또 걸었지. 우리가 완전히 산중으로 들어가서 평평한 골짜기에 이르렀을 때쯤 해서는 노새들도 거의 탈진 상태였지. 그래서 모두 죽여 버렸어. 노새한테나 우리한테나 먹을 게 전혀 없었거든. 우리는 상자에 앉아서 덜컹거리는 탄약통을 가지고 홀짝 내기를 하고 있었지.

그런데 그 때 활과 화살을 든 남자 열 명이 그 계곡을 달려 내려오더군. 아마도 활과 화살을 든 스무 명의 남자들한테 쫓겨서 계곡까지 온 모양이었어. 그 시끌벅적한 소동이라니, 참 장난이 아니더군! 잘 보니 그 친구들 피부가 하얀 거야. 선생이나 나보다 더 하얬으니까. 머리칼은 노랗고 체격도 당당한 편이었지.

드라보트가 총을 꺼내면서 이렇게 말했어. '우리 사업이 방금 시작된 거야. 우린 저 열 명을 위해 싸운다.'

그러면서 말을 마치기가 무섭게 스무 명 쪽을 향해서 두 발을 쏘았지. 그랬더니 드라보트가 걸터앉은 바위에서 한 2백 미터 정도 떨어진 곳에 있던 한 녀석에게 명중한 모양이야. 나머지 녀석들이 도망쳤지만 우리 둘은 상자에 앉아서 골짜기를 향해 위아래 할 것 없이 마구 쏴댔지. 그러고 나서 우리가 열 명 쪽으로 다가가려니까, 웬걸, 이 녀석들도 우리에게 장난감 같은 화살을 날리더군. 하지만 드라보트가 녀석들 머리 위로 총을 쏴대니까 전부 땅바닥에 납작하게 엎드렸지. 드라보트는 녀석들에게 걸어가 발로 툭툭 걸어찼어. 그런 다음에 녀석들을 일으켜 세우고 친하게 지내보자는 뜻으로 일일이 악수를 했어.

드라보트가 녀석들을 불러모아 상자를 운반시키는
데, 이리저리 손짓으로 명령을 내리는 품이 마치 왕이
된 모습이나 다름이 없었지. 녀석들은 상자를 짊어지고
골짜기를 가로질러 언덕 꼭대기를 지나 소나무 숲으로
들어갔는데, 거기에는 커다란 석상 여섯 기(基)가 서 있
었어. 그 석상은 '임브라' 라고 불리는데, 드라보트가
그 가운데 제일 큰 석상 앞으로 다가가서 총과 탄약을
발 아래 내려놓은 다음, 석상의 코와 자기 코를 부비고
머리를 어루만지면서 경의를 표하고 나서 그 앞에 절
을 했지."

5. 끝없는 욕망

어이, 카네한 장군,

이건 정말 엄청난 비즈니스야.

우리는 뺏을 만한 영토는 이제 다 손에 넣은 셈이야.

난 세미라미스 여왕의 후손인 알렉산더 대왕의 아들이고,

자네는 내 동생인 동시에 신이야!

이건 정말 지금까지 볼 수 없었던

엄청난 사건이란 말이야!

끝없는 욕망

카네한의 이야기가 자못 흥미를 더하고 있었다.

"드라보트가 녀석들 쪽으로 고개를 돌리더니 고개를 끄덕이며 이렇게 말했어. '좋아, 이제 됐어. 난 여기 사정을 뭐든 다 알고 있어. 여기 이 '늙은 인형'도 모두 내 친구들이라네.' 그리고 나서 입을 벌리더니 자기 입을 손으로 가리켰어. 한 녀석이 음식을 가져오자 '필요 없어!' 라고 하더군. 두 번째 녀석이 음식을 가져와도 '필요 없어!' 라고 하는 거야. 그런데

나이가 많은 주술사이자, 그 부락의 추장이 음식을 가져오니까 '좋아!'라고 건방지게 말하면서 아주 천천히 먹더군.

이렇게 해서 우리는 하늘에서 떨어진 것처럼 아무런 소동도 일으키지 않고 첫째 부락에 무사히 들어갔던 거지. 하기야 나중에는 우리가 거기 있던 밧줄 다리에서 떨어지게 됐지만 말이야, 하늘에서 떨어진 게 아니라 다리에서 떨어졌다 이 말씀이지. 이건 절대 웃기는 이야기가 아니야. 오히려 눈물이 나도록 슬픈 이야기지. 안 그런가?"

"위스키 한 잔 더 하게나. 자, 여기 있어."

내가 잠시 말을 끊었다.

"거기가 바로 자네들이 들어간 최초의 부락이었군. 그런데 어떻게 해서 왕이 되었지?"

"난 왕이 아니었어."

카네한이 말했다.

"드라보트가 왕이었지. 머리에 멋진 황금 왕관을 쓰고 갖가지 장식을 단 모습을 보니 정말로 잘 생긴 왕처럼 보이더군. 드라보트와 내가 그 부락에 머물러 있는 동안, 아침마다 드라보트가 노인 석상(임브라) 옆에 앉으면 녀석들이 와서 경의를 표했지. 그건 물론 드라보트의 명령이었어.

그런데 어느 날 이웃 부락의 전사들 한 떼가 몰려오자, 우리는 그 녀석들이 정신을 차리기도 전에 총을 쏘아서 몇 놈을 거꾸러뜨리고 바로 계곡까지 나머지 녀석들을 쫓아갔지. 산을 몇 번 올라갔다 내려갔다 하다 보니 첫 번째 부락과 비슷한 마을이 나타났는데, 우리를 보더니 넙죽 엎드리더군.

드라보트가 물었지. '너희 두 마을 사이에 무슨 문제가 있느냐?' 그러자 사람들이 붙잡아온 백인 여자를 가리키는데 그 여자는 마치 우리처럼 하얀 피부를 갖고 있었지. 드라보트는 그 여자를 다시 첫 번째 부락으로 데려오고 나서, 죽은 사람의 숫자를 세어봤는데, 모두 여덟이었어. 그래, 여덟 명!

드라보트는 죽은 자를 위해 땅바닥에 우유를 조금 붓고 팔을 바람개비처럼 휘두르면서 '이제 됐어!' 라고 말했지. 그러고 나서 우리는 두 부락의 추장을 불러 팔을 붙잡고 골짜기 아래로 걸어 내려갔어. 그리고 두 추장에게 창을 가지고 땅에 금을 긋는 광경을 보여 주었어. 그렇게 금을 긋고 나서 잔디밭을 둘로 나눠주었던 거야. 그랬더니 글쎄 모든 사람들이 달려 내려와서 온통 떠들고 난리가 아니더군.

드라보트는 사람들에게 이렇게 말했지.

'가서 땅을 경작하여 열매가 많이 열리고 자손이 번성하도록 하라!'

뭐, 성경의 구절(창세기 1: 28)을 흉내냈지만 어쨌든 멋진 말이었지. 사람들은 어리둥절한지 뭐가 뭔지도 모르면서 그냥 시킨 대로 잘 하더군. 우리는 여러 가지 물건을 거기 말로 뭐라고 부르는지 물어 보았지. 빵이니 물이니 불이니 우상이니 하는 그런 물건이나 개념 말이야.

잠시 후, 드라보트는 두 부락의 주술사를 우상 앞으로 끌고 가서 명령을 내렸지. '거기 앉아서 사람들 사이의 분쟁을 심판하라.' 물론 추호라도 잘못되면 총구가 불을 뿜을 것이라는 엄포도 잊지 않았어.

그 다음 주가 되자, 사람들은 벌처럼 조용하면서도 벌보다 귀엽게 땅을 모두 파헤쳤어. 주술사들은 주민들의 불평을 듣고, 손짓과 발짓을 동원해서 드라보트에게 전달해 주었지.

'이건 겨우 시작일 뿐이야.' 드라보트가 그러더군. '저 녀석들은 우리를 신이라고 생각하고 있어.'

우리는 건장한 청년 스무 명을 선발해서 총의 방아쇠를 당기는 법이라든가 4열 횡대로 줄을 맞추는 법, 일렬 종대로 전진하는 법 따위를 가르쳐 주었지. 청년들도 그런 훈련을 아주 좋아하는 눈치였어. 제법 영리해서 곧 요령을 터득하더군.

그 일이 끝나자 드라보트는 파이프와 담뱃갑을 두 부락에 하나씩 남겨 놓았지. 그러고 나서 우리는 다음

골짜기에서 무슨 작업을 어떻게 하면 좋을지 알아보러 길을 떠났어. 온통 암석뿐인 이웃 골짜기에도 작은 부락이 하나 있더군.

내가 이렇게 말했지. '이 놈들을 옛 골짜기로 데리고 가서 농사일을 시키세. 거기 가서 농사를 안 짓는 주인 없는 땅을 조금씩 나눠주면 되니까.'

이 놈들 입장에서 보자면 가련한 운명을 만난 셈이지만, 그네들도 어차피 새로운 왕국에서 살려면 필요한 희생을 치러야겠지. 안 그런가? 뭔가 깊은 인상을 백성들에게 심어주면, 백성들도 곧 안정된다고 생각했던 거지.

내 계획이 어느 정도 성과를 거두었다는 판단이 서자, 다른 골짜기, 그러니까 온통 눈과 얼음으로 뒤덮인 산악 지대에 가 있던 드라보트를 찾아갔어. 너무 험하니까 군대도 겁을 집어먹고 전진을 못했다지 아마. 그래서 드라보트가 병사 하나를 쏘아 죽이고 가까스로 부대를 전진시켰다나. 그래서 마침내 사람이 있는 부락을 찾아냈다고 해. 부락에 들어서면서 드라보트의 군대가 거기 전사들에게 이렇게 말했대. '목숨이 아깝거든 그 따위 장난감 구식 총은 함부로 쏘지 않는 게 좋아.' 거기 전사들은 아주 낡은 구식 총을 들고 있었거든.

우리는 거기 주술사들 하고 친해졌어. 나는 드라보트의 부하 두 사람을 데리고 혼자 남아서 거기 전사들에게 군사 훈련을 시켰지. 그런데 그 때 다른 부락 추장이 천둥이 치듯이 쇠북과 뿔피리를 요란하게 울리면서 졸개들을 이끌고 기세 등등하게 설원(雪原)을 넘어 쳐들어왔어. 추장이란 작자가 어디선가 새로운 신이 나타나 여기저기 짓밟고 다닌다는 소문을 들은 모양이었어. 내가 한 800미터쯤 떨어진 자리에서 설원 너머로 총알을 날려 한 녀석을 쏘았지. 그러고 나서 추장에게 사자(使者)를 보내 살고 싶거든 무기를 버리고 직접 와서 악수를 청하라고 전했어.

추장이 혼자 왔기에 우선 내가 악수를 하고 드라보트가 늘 하던 것처럼 두 팔을 휘둘렀지. 그랬더니 추장이 아주 놀라면서 내 눈썹을 쓰다듬는 거야. 손짓으로 추장에게 미워한 적이 있느냐고 물으니 '있다'고 그랬어. 그래서 내가 추장의 부하 가운데 하나를 뽑아서 드라보트 군대의 장교 둘에게 훈련을 맡겼어.

한 두 주일 정도 지나니까 이 친구도 우리네 지원병 정도랄까, 어쨌든 군인 노릇을 할 수 있을 정도가 되었지. 그래서 우리는 추장과 함께 산꼭대기의 거대한 평원으로 진격해서 바로 부락으로 밀고 들어가서 부락을 접수했지. 우리는 상대방을 향해, 우리가 애초에 가져왔던 마르티니 소총을 쏘아서 접수했지.

그런 연후에 나는 추장에게 옷 한 귀퉁이를 베어주면서 '내가 돌아올 때까지 점령하고 있으라!'고 지시했어. 아, 아시겠지만, 이 말은 물론 성경(누가복음 19: 13)에서 따온 거지. 나는 1,700미터쯤 걸어가서 눈 위에 서 있는 추장 근처로 총 한 방을 먹였어. 추장 녀석의 간담이 서늘하도록 공포심을 심어놓기 위해서였지. 역시 거기 있던 모든 사람들이 한 놈도 빠지지 않고 땅에 바짝 엎드리더군. 그런 다음, 드라보트에게 편지를 써 보냈어."

상대방이 말을 끊어버릴 위험도 없지 않았지만, 나는 궁금해서 입을 열었다.

"그런 오지에서 어떻게 편지를 써서 보낼 수 있었는지, 난 도무지 이해가 안 가는데?"

"아, 편지! 편지 말인가? 그래! 그렇지. 편지! 선생, 제발 좀 내 두 눈만 똑바로 쳐다보시라니까! 그건 매듭으로 작성한 편지야. 편잡 지방의 장님 거지한테서 매듭으로 의사 표시를 하는 방법을 배웠지."

그러고 보니 과거에 여러 군데 마디 표시가 된 작은 가지와 실을 가진 장님 한 사람이 사무실로 찾아온 적이 있었다. 그 장님은 작은 가지에 자기만이 아는 독특한 암호로 실을 매서 의미를 나타냈다. 그런데 놀랍게도 그 장님은 며칠이나 몇 주일이 지난 다음에도 자기가 실을 감아서 표시했던 문장을 똑같이 재현할 수 있었다. 매듭이 표시하는 알파벳은 11가지 원시적인 음으로 환원되어 있었다. 장님은 여러 차례나 나에게 그 방법을 가르쳐 주었지만 나로서는 도무지 이해가 되지 않았다.

"난 그 편지를 드라보트에게 보내면서, 왕국이 너무 커져서 내 혼자 힘으로는 감당할 수 없으니 돌아와서 도와 달라고 했어. 그런 다음에 주술사들이 얼마나 잘 움직이고 있는지 알아보러 최초의 골짜기를 향했지. 우리가 추장과 함께 접수한 부락 이름은 바슈카이였고, 처음으로 접수한 부락 이름은 에르헤브였어. 에르헤브의 주술사들은 그런 대로 자기 역할을 잘 해내고 있었지만, 땅에 관한 분쟁만큼은 내가 봐 줘야 할 문제였지. 게다가 다른 부락 전사들이 밤에 기습적으로 들이닥쳐 화살을 쏘고 간 적도 있다더군. 그래서 문제의 부락을 찾아가서 900미터쯤 떨어진 곳에서 총을 들고 네 발을 발사했지. 그러고 나니 탄약통이 비게 되었어. 그런 다음에는 두세 달 동안 자리를 비운 드라보트가 돌아오기를 기다리면서, 주민들이 잠잠하게 있도록 신경을 썼지.

그러던 어느 날 아침 악머구리 끓듯 요란한 북 소리

와 피리 소리가 들려오는 거야. 밖을 내다보니까 드라보트가 군대를 거느리고 언덕을 내려오는데 뒤따르는 사람들이 수백은 족히 되었지. 그런데 정작 놀라운 사건은 드라보트의 머리에 커다란 황금 왕관이 얹혀 있는 광경이었어. 드라보트가 이렇게 말하더군.

'어이, 카네한 장군, 이건 정말 엄청난 비즈니스야. 우리는 뺏을 만한 영토는 이제 다 손에 넣은 셈이야. 난 세미라미스 여왕■의 후손인 알렉산더 대왕의 아들이고, 자네는 내 동생인 동시에 신이야! 이건 정말 지금까지 볼 수 없었던 엄청난 사건이란 말이야!

■ 알렉산더 대왕과 마찬가지로 서구의 인도 침입과 관련된 전설적인 여왕이다. 구스의 아내로 바빌론의 여왕이자 니므롯과 담무즈의 어머니이다. 니므롯은 세미라미스의 아들이자 남편으로 바빌론 제국의 창건자이다. 니므롯은 점성술을 발달시켰고 온갖 마법의 기초를 마련하였다. 조카의 사악한 행동에 질려버린 셈[구스의 큰아버지, 노아의 아들, 의로운 사람]은 니므롯을 죽여버렸다. 죽기 전에, 니므롯은 그의 어머니였던 세미라미스와 결혼하여 임신까지 시켰다. 니므롯이 살해당한 이후, 세미라미스는 바빌론의 백성들에게 니므롯은 신[태양신 바알]이며 자기 자신은 여왕[하늘 왕후]이라고 주장하였다. 세미라미스는 바알을 숭배하는 사탄 종교를 발전시켰는데 거기에는 고해성사[공갈과 공개 협박을 위한], 비밀 단체[프리메이슨, 몰몬교, 예수회 등], 종교 지도자로서 자신이 신과 인간을 잇는 유일한 중재자라는 사상[교황 사상의 원형] 등이 포함되어 있었다—역주.

난 군대와 함께 여섯 주일 동안 행진을 해서 사방 80 킬로미터 안에 있는 올망졸망한 모든 부락에서 열렬한 환영을 받았지. 게다가 더욱 중요한 건 자네도 곧 알게 되겠지만 내가 이 '공연'의 열쇠를 쥐고 있다는 사실이야.

아, 참, 자네 왕관도 여기 갖고 왔다네.

슈라는 곳이 있는데 마치 양고기 속의 비계덩이처럼 황금이 바위에 박혀 있어서 그놈들에게 왕관을 두 개 만들라고 했지. 나는 황금도 직접 내 눈으로 봤고, 절벽에 있는 터키 곡옥(曲玉)을 발로 툭툭 쳐서 꺼내기도 했다네. 석류석은 아예 강가 모래밭에 지천으로 널려 있어. 그러니까 이건 완전히 호박이 넝쿨째 굴러 들어온 셈이 아니고 뭔가?

주술사들을 모두 불러 주게. 그리고, 자, 이건 자네 왕관이니, 받아서 써 보게나.'

누군가가 검은 털주머니를 열고 왕관을 꺼내주기에, 그냥 머리에 얹어 보았지. 보기는 작아 보여도 직접 써 보니까 꽤 무겁더군. 그래도 뭔가 좀 폼이 날 것 같아서 그대로 머리에 얹어 두었지. 황금으로 만든 건데, 무게는 족히 2, 3킬로그램 정도 될까? 알아듣기 쉽게 말하자면 꼭 황금 술통 모양이야. 드라보트가 또 이렇게 말하더군.

'이봐 피치, 우리는 이제 전쟁을 원하지 않아. 약간의 술수를 쓰는 거지. 그러니 날 좀 도와줘!'

말을 마치면서 내가 바슈카이에 남겨 두었던 그 추장을 앞으로 내세우더군. 우리는 나중에 그 추장을 빌리 피시라고 불렀지. 옛날 야전에서 커다란 탱크를 조종하던 빌리 피시와 꼭 닮았기 때문에 그런 이름을 붙였어. 드라보트가 빌리와 악수를 해보라고 해서 그렇게 했지. 그런데 웬걸, 악수를 해본 나는 놀라서 거의 자빠질 지경이었어. 왠지 아시겠는가? 아니, 그 빌리 피시가 바로 그 '악수 법'(The Grip)을 알고 있었지 뭔가!■

나는 말없이 다른 상위 악수 법(The Fellow Craft Grip)을 시도해 보았지. 그랬더니 역시 제대로 응답을 해오더군. 이번엔 또 다른 상위 악수 법(The Master's Grip)을 시도해 보았는데, 거기까지는 모르더군.

'이 친구는 2등급 결사 단원이야!' 내가 드라보트에게 말했어. '이 친구가 암호도 알고 있나?'

'그럼!'

드라보트가 시원하게 대답했지.

'그런데 말이야, 주술사 녀석들은 모조리 이 악수 법을 알고 있어. 이건 기적이야, 기적! 그러니까 추장과 주술사들은 언제든지 우리와 똑같은 등급의 결사 단원 집회를 열 수 있다는 이야기라네. 바위에다가 은밀한 결사를 상징하는 기호를 새겨 놓았는데, 아직 제3 등급

■ 이것은 프리메이슨 단원들이 서로의 신분을 확인할 때 사용하는 악수 법을 의미하는 것으로 보인다. 프리메이슨의 역사는 멀리 다윗 왕의 성전 건축 당시까지 거슬러 올라가는 것으로 알려져 있는, 서양의 비밀 결사이다. 일부에서는 성경에 나오는 바벨 탑 건립 당시의 석공(mason)들이 그 단초라고 말하기도 한다. 서양의 성당 기사단 등 온갖 비밀 결사들도 사실은 이 프리메이슨의 변형이라는 주장도 있다. 전체로 33개 등급이 있는 것으로 알려져 있으나, 크게는 3개 등급으로 나눈다고 한다. 여기서는 이 3등급의 분류 체계를 의미하는 것 같다. 그리고 괴테나 서양의 여러 유명 인사들이 프리메이슨 단원이라는 소문이 있다. 기독교의 입장에서는 프리메이슨을 이단 내지 사탄의 세력으로 보기도 한다—역주.

은 모르고 있어. 아마도 그런 등급의 흔적을 찾고 있는 기색이야. 이건 틀림없어! 난 아프가니스탄 친구들이 제2등급 결사 단원의 존재를 알고 있다는 사실을 전부터 짐작했지만, 이건 기적이야. 난 신이기도 하고, 동시에 비밀 결사의 우두머리이기도 해. 제3등급의 지부 모임을 가질 작정이야. 그리고 우리가 각 부락 주술사들과 추장들을 진급시켜 보세나.'

그래서 내가 이렇게 말했지. '아무한테서도 인가를 받지 않고 지부 모임을 연다는 건 전적으로 규칙 위반이야. 우리는 지금 지부 사무실도 없어.' 내 말을 들은 드라보트가 이러더군. '그래. 인가를 받지 않고도 모임을 여는 것이 바로 지부장의 수완이지. 그건 마치 저절로 굴러가는 수레처럼 손쉽게 이 나라를 다스리는 방법과 같은 거야. 지금 하던 작업을 중단하고 새삼스럽게 인가를 받을 수는 없어. 그렇게 머뭇거리다가는 아무 일도 못하고 말아. 난 추장 마흔 명을 휘하에 두고 있는데, 공적에 따라 진급을 시켜줄 작정이야. 이 친구들을 부락마다 배치하고 나서, 어떤 형식이 되었건 상관없으니까 지부 모임을 열어 보잔 말이야. 장소는 임브라 사원이 적당할 거야. 여자들에게 자네가 지시를 해서 휘장을 준비하도록 해. 난 오늘 밤에 추장들의 접견식을 갖고, 내일 지부 모임을 가질 예정이야.'

그날 밤 난 다리가 뻣뻣해지도록 쫓아다녔지. 나도 이런 결사의 모임을 갖는다는 것이 무슨 의미인지 모를 만큼 바보는 아니야. 주술사 식구들에게는 등급에 따라 제각기 다른 휘장을 만들도록 가르쳤어. 하지만 드라보트의 휘장은 천이 아닌 흰 가죽에 선을 긋고 터키 곡옥 덩어리로 장식을 했지. 네모난 커다란 바위덩이를 지부장 좌석용으로 사원 안에 갖다 놓고, 작은 돌덩이로 나머지 회원용 의자를 만들었어. 마지막으로 검은 길에는 흰 사각형을 그려 넣었지. 그렇게 해서 어쨌든 모임의 형식은 정상적으로 갖추어진 셈이야."

Navoi

Bukhara

Samarka

UZBEKISTA

Chardzhou

Karsh

TURKMENISTAN

Kerki

Mary

Kelah

Je

Maza
Shar

Mashhad

Sheberghan

IRAN

Meymaneh

Sar-e
Pol

Kushka

Towraghondi

Tayyebāt

Qal'eh-ye Now

Chaghcharan

Harat

Shindand

Farm
Kowt

Farah

Delaram

Lashkar

6. 사람의 아들

'그 계약은 우리가 왕이 될 때까지만 유효했던 거야.

우리는 지금 여러 달째 왕으로 군림하고 있어. 안 그런가?

그러니 자네도 아내를 얻도록 해, 피치.

추운 겨울에 안아 줄 귀엽고 깜찍한 아가씨 말이야.

여기 여자들은 영국보다 훨씬 더 예쁘지.

그냥 마음에 드는 아가씨를 골라잡으면 되는 거야.'

사람의 아들

"그날 밤 큰 모닥불을 피워 놓고 산 중턱에서 열린 접견식에서, 석상 앞에 선 드라보트는 자기와 내가 신이자 알렉산더의 아들로 지부장을 역임했으며, 누구든지 편안하게 먹고 조용하게 마실 수 있도록, 특히 모두가 우리에게 복종하도록 하기 위해 카피리스탄에 왔다고 선언했어. 그런 다음 추장들이 빙 둘러서서 우리와 악수를 했는데, 모두들 털이 많고 피부가 하얀 데다가 금발이어서 마치 오랜 친구들■과 악수를 하는 기분이더군. 우리는 추장들의 생김새가 인도에서 알았던 어떤 사람과 닮았느냐에 따라 이름을 붙여 주었지. 즉 빌리 피시나 홀리 딜워드, 피키 커갠 따위로 말이야. 아, 커갠은 므호에 있을 때 시장 지배인이었지.

다음 날 모임에서 놀라운 기적이 일어났어. 늙은 주술사 하나가 연신 우리를 뚫어져라 바라보는 게 기분이 무척 언짢았지. 모임 의식 자체를 우리가 날조했다는 생각이 드는 데다 참석한 사람들이 무슨 사실을 어디까지 알고 있는지 잘 몰랐기 때문이었지. 그 늙은 주술사는 바슈카이 부락 너머에서 온 낯선 얼굴이었지. 아가씨들이 정성스레 만든 지부장의 휘장을 드라보트가 몸에 걸치는 순간, 그 늙은 주술사가 글쎄 드라보트가 앉아 있던 바위를 뒤집어 엎으려고 했지 뭔가.

그래서 나는 순간적으로 이렇게 말했어. '이제 다 틀렸어. 정식 허가 없이 비밀 결사와 관련된 업무에 끼

■ 카불 북쪽 지방에는 알렉산더 대왕이 이주시킨 그리스 사람의 후예가 살고 있다는 소문이 있음—역주.

어드니까 이런 일이 생긴 거야.'

하지만 드라보트는 눈 하나 깜짝하지 않더군. 주술사 열 명이서 '대지부장'의 의자, 그러니까 임브라 석상을 들어서 뒤집어 엎자, 그 늙은 주술사는 뒤집어 엎은 돌의 아래쪽에 묻어 있던 흙을 닦아 내고, 드라보트의 휘장에 새겨진 것과 똑같은 표지를 찾아서 다른 주술사들에게 보여주었다네. 심지어 임브라의 다른 주술사들도 거기에 그런 문양이 새겨진 사실을 모르고 있었지 뭔가. 그러자 늙은 주술사는 드라보트 앞에 엎드려 드라보트의 발에 입을 맞추더군. 드라보트가 내게 이렇게 말하더군.

'이봐, 이번에도 행운은 우리 편이야. 이 친구들은 이 문양이 어떻게 무엇 때문에 여기 새겨진 것인지 전혀 모르고 있어. 그렇다면 이제 우리는 더할 나위 없이 안전하다고 할 수 있지.'

말을 마치면서 드라보트는 의사봉 대신 들었던 총의 개머리판을 땅바닥에 내리치고 이렇게 다시 외쳤어.

'내 오른팔과 카네한의 도움으로 내 안에 배태된 권능에 의지하여 내가 이 나라 카피리스탄의 비밀 결사(프리메이슨) 사령부의 대지부장임을 선언하노라. 그리고 카네한과 함께 이 나라의 왕이라는 사실도 아울러 선언한다!'

말을 마치면서 드라보트가 왕관을 쓰더군. 그래서 나도 내 왕관을 썼지. 난 모임의 집행자 역할이었는데, 의식 자체는 매우 엄숙하게 열렸어. 그야말로 놀라운 기적이었지. 별다른 설명을 해주지도 않았는데 사제들은 마치 잊었던 기억이 갑자기 되돌아온 것처럼 제1 등급과 제2 등급의 격식대로 움직이는 거야. 의식이 끝나자 우리 둘은 멀리 떨어진 여러 부락의 고위 주술사나 추장 등 우두머리들을 진급시켰지. 빌리 피시가 그 가운데 으뜸이었어. 우리는 정말로 피시의 혼이 쑥 빠질 정도로 무서운 의식을 치렀지. 사실 그건 정통 프리메이슨의 의식에 따른 방법이 아니었지만, 당시로서는 그

나름대로 필요성이 있었어. 아, 참, 우두머리는 10명 이상 두지 않았어. 너무 남발해선 곤란하거든. 물론 모두들 진급시켜 달라고 아우성이었지.

이런 아우성에 대해 드라보트는 이렇게 대답했지.

'반 년이 지나면 다시 집회를 열어 자네들의 활동 상황을 알아보겠다.'

여기저기 부락의 사정을 알아보니, 아직까지 서로 싸우는데 이제는 자기들도 서로 싸우는 일에 신물이 난다는 눈치더군. 사실, 그건 그래. 자기들끼리 싸우지 않더라도 이슬람교도들과 싸울 일이 만만치 않았기 때문이지. 그래서 드라보트는 이렇게 말했어.

'이슬람 세력이 공격해 오면 너희가 나서서 싸울 수 있다.'

드라보트의 지시는 또 이렇게 이어졌어.

'부락 사람 열에 한 명씩을 국경 수비대로 선발하도록 한다. 그리고 한 번에 이백 명씩 이 골짜기에 와서 군사 훈련을 받는다. 바르게 행동하기만 하면 앞으로 그 누구도 총에 맞거나 창에 찔리지 않는다. 너희가 나를 속이지 않으리라는 점은 잘 알고 있다. 너희는 백인, 즉 알렉산더의 후예이며 따라서 평범한 검둥이 이슬람 녀석들과는 다르니까 말이다. 너희는 신의 권능으로 허가받은 짐의 백성이다.'

그러더니 여기서부터는 영어로 말을 하더군.

'난 너희를 정말로 훌륭한 국민으로 만들어 주겠노라. 그렇지 않으면 나는 도중에 죽고 말리라.'

그 때부터 반 년 동안 우리가 한 일은 일일이 다 말할 수 없어. 드라보트 녀석이 나로선 도무지 이해할 수 없는 일을 많이 벌였거든. 그런데 드라보트는 그 지방 말을 금방 배워 버렸어. 나 같으면 아무리 해도 안 되었을 거야. 내 일은 주민들의 농사일을 돕다가, 가끔씩 군인들을 데리고 다른 부락을 순시하러 다니면서 이 나라를 무섭게 가로지르는 협곡 사이에 다리를 놓는 것이었지. 드라보트는 나한테 그런 대로 잘해주는 편이었지만, 붉은 수염을 양손으로 어루만지면서 소나무 숲을 왔다갔다할 때면 뭔가 내가 도와줄 수 없는 계획을 머리 속에서 짜고 있다는 걸 알 수 있었지. 그래서 나는 그냥 명령만 기다리고 있었다네.

어쨌든 드라보트가 주민들 앞에서 나를 소홀히 대하는 법은 절대 없었어. 주민들은 나와 군대를 무서워했지만, 드라보트는 좋아했지.

드라보트는 주술사나 추장들의 가장 친한 친구였어. 누구나 언덕을 넘어 드라보트를 찾아와서 불평을 토로할 수 있었지. 그럴 때마다 드라보트는 공평하게 불평을 들어주고 네 사람의 주술사를 불러 처리 방안을 알려주곤 했다네. 작은 부락에서 분쟁이 일어나면, 중요한 추장 몇을 불러 회의를 가졌지. 그러니까 바슈카이 부락에서는 빌리 피시를 부르고, 슈 부락에서는 피키 커간을 불렀으며, 이들 말고 카푸젤룸■이라는 인

....
■ 유명한 속요에 나오는 예루살렘의 매춘부―역주.

물이 포함되었어. 말하자면 이들의 모임이 최고군사회의였던 셈이지. 그리고 바슈카이와 슈, 카왁, 마도라에서 네 명의 주술사들이 참가하는 모임이 이를테면 간부회의라고 할 수 있었어. 나도 그 회의의 결정에 따라 부하 40명에게 총 스무 자루를 들리고 인부 60명에게 터키 곡옥을 짊어지게 해서 수제 마르티니 총을 사러 고르밴드 지방으로 갔지. 그 총은 카불에 주둔하고 있던 헤라티 국왕의 근위대가 소지하고 있던 무기였어. 이 근위대 병사들은 터키 곡옥이라면 자기 이빨이라도 빼줄 정도로 사족을 못 썼거든.

나는 고르밴드에 한 달 가량 머물면서 그 곳 관리에게 입막음으로 갖고 온 물품 꾸러미에서 한 움큼 집어주고, 연대 지휘관인 대령에게 더 많이 집어주었지. 결국 그 두 사람과 다른 업자들을 뇌물로 매수해서 마르티니 총 2백 자루와 사정 거리 6백 미터인 아프가니스탄 구식 소총 1백 자루를 구입하고, 40명의 인부가 짊어지고 갈 정도 분량의 탄약을 입수했어. 그 탄약은 그다지 품질이 좋지 못한 거였어. 나는 입수한 물품을 갖고 돌아와서 군사 훈련을 받는 녀석들에게 나눠 주었지. 아, 이 친구들은 추장이 나한테 파견한 젊은이들이었어. 드라보트는 너무 바빠서 이런 일까지 신경을 쓸 여유가 없었지만, 그래도 처음 우리한테서 훈련받은 고참병들의 도움을 받아서 5백 명에게 제식 훈련을 시키고 2백 명에게 사격 훈련까지 시킬 수 있었지. 조잡하기 그지없는 수제 총이지만, 놈들에겐 거의 기적과도 같은 물건이었다네.

겨울이 가까워지면서, 드라보트는 소나무 숲 속을 왔다갔다 거닐면서 화약 판매상과 공장을 세울 엄청난 계획을 구상하는 모양이었어. 드라보트의 말을 들어보니, 겨우 나라 하나 세우는 따위에는 이제 흥미가 없어졌다는 거였지.

'이제 내 목표는 제국이야, 제국! 이 사람들은 흑인이 아니라, 영국인이야! 이들의 눈과 입을 보게나. 앉았다가 일어서는 모습도 잘 한번 지켜봐. 그리고 집안에서는 의자를 사용해. 그러니까 이들은 '사라진 종족' 아니면 그 비슷한 종족의 후예들이야. 결국은 영국인이라는 뜻이지. 주술사들이 심하게 놀라지만 않는다면 올봄에 인구 조사를 할 계획이야. 이 일대 골짜기에 최소한 2백만은 살고 있다고 생각해. 어린이들은 또 얼마나 많은가! 가히 넘쳐날 정도지. 2백만의 인구와 25만의 병사라! 게다가 이들은 모두 영국인이야! 오로지 총과 약간의 훈련만 있으면 돼. 러시아에서 인도를 삼키려고하면, 25만의 병사가 러시아의 옆구리를 냅다 찌를 태세를 갖추고 있는 셈이지. 알겠나, 친구. 하하하!'

그는 붉은 얼굴의 수염 한가운데 있는 구레나룻을 잘근잘근 씹으면서 계속 말했어.

'우리는 황제가 되는 거야. 지상의 황제! 사라왁의 브루크 경▪ 따위는 이제 어린애 장난 정도지. 인도 총

▪ 전공[戰功]에 대한 보답으로 보르네오 술탄의 명으로 1841년에 사라왁의 통치자가 되었음─역주.

독과도 대등한 조건으로 협상을 벌일 수 있다니까. 총독한테 말해서 우리를 도와줄 영국인 12명을 선발해서 보내 달라고 해야겠어. 아, 물론 내가 알고 있는 인물이어야 되겠지만 말이야. 제국을 다스리는 데 큰 도움이 될 테니까. 그래, 세고울리 지역에는 맥커레이 퇴역 상사가 있지. 그 친구는 나한테 맛있는 저녁 식사를 대접해 준 적도 몇 번 있었어. 게다가 그 부인은 나한테 좋은 바지도 한 벌 선물로 주었어. 토웅후 교도소 간수인 돈킨도 빠질 수 없지.

내가 인도에 있다면, 뒤를 봐 줄 수 있는 사람들이 수백은 될 거야, 수백 말이야. 총독도 그런 사람들 가운데 하나라고 할 수 있지. 봄이 되면 그 사람들한테 사람을 보내겠네. 그리고 그동안 대지부장인 내가 이룩한 업적을 낱낱이 본부에 알려서 법규 위반에 대한 사면을 얻을 예정이라네.

지금 원주민 병사들이 마르티니 총을 받게 되면, 예전에 사용하던 스나이더 총은 전부 버려야 해. 그런데 사실 그 스나이더 총이라는 무기가 많이 낡긴 해도 이런 계곡 전투에는 아직 괜찮아. 영국인 12명과 십만 자루의 스나이더 총으로 야금야금 아프가니스탄 왕국을 먹어 가는 거지. 그러려면 일 년에 2만 자루 정도씩만 구입하면 돼. 그렇게 해서 우리는 대제국을 만드는 거야.

모든 일이 뜻대로 이루어지면, 내가 지금 쓰고 있는 이 왕관을 빅토리아 여왕 앞에 무릎을 꿇고 바칠 거라네. 그러면 여왕 폐하는 이렇게 말씀하시겠지. "일어서시오, 다니엘 드라보트 경!" 한번 생각해 봐. 이건 정말로 엄청난 일이야! 어떤가? 놀랍지? 하지만 지금은 도처에 해야 할 일이 산더미처럼 쌓여 있어. 바슈카이, 카왁, 슈를 비롯한 여기저기에 말이야.'

그래서 내가 말했지.

'일? 도대체 무슨 일을 말하는 건가? 올 가을에는 군사 훈련을 받으러 올 장정들이 더 이상 없는데 말이야. 저 두껍고 어두운 구름 좀 보게. 눈이 곧 엄청 내릴

거야.'

그러자 다니엘은 아플 정도로 내 어깨를 꽉 붙잡으면서 말했어.

'아니, 그런 게 아니야. 자네의 뜻을 거스르고 싶은 생각은 추호도 없네. 아마 아무도 자네처럼 나를 따라와서 내가 현재의 위치까지 오르도록 도와줄 사람은 없을 테니 말이야. 자네는 최고 중의 최고사령관이며, 주민들도 모두 자네를 알고 있어. 하지만 나라가 커졌으니만큼 자네가 도와줄 수 없는 부분도 있긴 있지.'

드라보트의 말을 잠자코 듣고 있던 내가 불쑥 한 마디 던졌어.

'그러면 저 촌스러운 주술사 녀석들한테 말해 보지?'

하지만 나는 이렇게 말하고 나서 곧 후회했어. 그래도 그렇지. 그동안 아무 것도 모르는 어리숙한 주민을 훈련시켜 모두 병사로 무난하게 조련했고, 자기가 시키는 일을 꼬박꼬박 다 챙겨 왔는데, 다니엘이 그렇

게 거만하게 말을 하니까 나도 모르게 기분이 나빠졌
던 모양이었어.

'자, 자, 싸움은 그만 두지, 피치.'

다니엘 드라보트가 얼굴색 하나 안 바꾸고 말하더
군. 물론 상스러운 욕지거리도 내뱉지 않았어.

'자네도 왕이니까, 이 왕국의 절반은 자네 소유야.
하지만 피치, 이건 분명해. 우리한테는 지금 우리보다
더 똑똑한 사람들이 필요해. 한 서너 명쯤 우리 대신 적
재적소에 배치할 필요가 있다는 뜻이야. 나라가 커진
만큼, 내가 항상 모든 정사를 딱딱 맞게 처리할 수는 없
는 일이고, 설령 그렇게 처리할 수 있다고 해도 지금은
시간 여유가 없어서 하고 싶은 일을 다 실행에 옮길 수
도 없지. 게다가 이제 겨울이 닥쳐오고 있어.'

드라보트가 머리 위에 얹은 왕관만큼이나 붉은 수
염을 절반이나 입에 넣고 말했다네. 이 말을 듣고 내가
말했지.

'미안하네, 다니엘. 나는 나 나름대로 최선을 다했

어. 병사를 훈련시켰고, 귀리를 차곡차곡 적재하는 법도
가르쳤지. 고르밴드에 가서 무기를 가져온 적도 있었
어. 자네가 지금 무슨 생각을 하고 있는지 잘 알고 있
네. 아마도 제왕의 자리는 그런 식으로 사방에서 억압
을 받는 일이 많을 거야.'

'그래, 알겠어. 그런데 또 다른 문제도 있어.'

마치 똥이 마려운 강아지처럼 드라보트가 방안을
오르내리며 말했어.

'이제 겨울이 되면, 주민들도 별다른 문제를 일으
킬 것 같지 않아. 뭐, 사실 자기들끼리 문제가 좀 있다
고 해도 이젠 우리가 그다지 신경을 안 써도 될 테니
말이야. 부인이 필요해.'

그 말을 들은 내가 깜짝 놀라며 말했지.

'아, 제발, 여자는 안 돼! 내가 아무리 어리석어도,
여태까지 우리 둘 모두가 능력 이상을 성취했다는 사
실은 잘 알고 있다네. 계약서 내용을 생각해 봐. 여자한
테는 절대 다가가지 마! 제발 부탁이야!'

그러자 드라보트가 손에 왕관을 들고 천칭처럼 무게를 가늠하면서 말했어.

　　'그 계약은 우리가 왕이 될 때까지만 유효했던 거야. 우리는 지금 여러 달째 왕으로 군림하고 있어. 안 그런가? 그러니 자네도 아내를 얻도록 해, 피치. 추운 겨울에 너를 따뜻하게 품에 안아 줄 귀엽고 깜찍한 아가씨 말이야. 여기 여자들은 영국보다 훨씬 더 예쁘지. 그냥 마음에 드는 아가씨를 골라잡으면 되는 거야.'

　　드라보트의 말이 끝나기가 무섭게 내가 반발했어.

　　'유혹하지 마! 지금보다 훨씬 안정될 때까지 난 여자와 아무런 접촉도 하지 않겠어. 나는 두 사람 몫의 일을 했고, 자네는 세 사람 몫의 일을 했지. 좀 쉬면서, 아프가니스탄에서 좋은 담배를 가져오고 좋은 술을 들여올 수 있는지 같이 생각해 보세나. 하지만 여자는 절대 안 돼!'

　　그랬더니 드라보트가 조금 언성을 높이며 말했지.

　　'난 아가씨 이야기를 하는 게 아니야. 정식 부인

이야기를 하고 있는 거지. 그러니까 나 같은 왕자를 낳아줄 왕비를 말하는 거라네. 제일 강한 부족에서 왕비를 뽑으면 그 부족과도 친족 관계를 맺게 되는 거야. 그러면 내 곁에 누운 왕비가 국민들이 우리와 자신들의 문제에 대해 어떻게 생각하고 있는지 내게 모두 이야기해 주겠지. 내가 바라는 게 바로 그런 모습이야.'

선로공으로 일하던 시절에 모굴 세라이에서 데리고 있던 벵갈 여인이 기억나느냐는 드라보트의 물음에 나는 이렇게 대답했지.

'그래, 상당히 괜찮은 여자였지. 내가 모르는 사투리나 기타 필요한 내용을 이것저것 가르쳐 주었으니까. 그러나 결국 어떻게 되었나? 역장의 하인 녀석과 눈이 맞아서 반 달치 내 월급을 가지고 줄행랑을 놓지 않았냐 말이야. 그러더니 이번에는 또 어떤 잡종 녀석의 팔에 끌려서 다두르 환승역에 모습을 드러내 가지고는, 나를 보자 뻔뻔스럽게도 사정을 훤히 다 아는 열차 기관사들 앞에서 내가 자기 남편이라고 내뱉더라 이 말

이야!'

내 말을 들은 드라보트가 이렇게 잘라 말하더군.

'그건 지난 이야기야. 여기 여자들은 자네나 나보다 피부가 더 새하얗지. 난 겨울을 나는 동안에 왕비를 맞아들이겠어.'

'마지막 부탁이네. 다니엘, 제발 그만두게. 우리한테 하나도 득이 될 게 없어. 성경에도 쓰여 있듯이(잠언 31: 3), 왕은 자기 힘을 여자에게 낭비하면 안 돼. 특히 우리처럼 나라를 새로 다스린 지 얼마 되지 않을 경우에는 더욱 그렇지.'

'나도 마지막 대답이네. 난 왕비를 얻을 거야.'

드라보트는 이렇게 말하면서 마치 크고 붉은 악마처럼 보이는 소나무 숲을 지나 자취를 감추고 말았다네. 태양이 그의 왕관과 수염을 비춰주고 있더군."

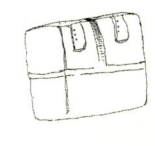

7. 인간적인 너무나 인간적인

과연 그 손에 빨간 피가 흐르더군.

빌리 피시와 구식 총을 든 두 사람의 병사가

왕의 어깨를 잡고

바슈카이 사람들 사이로 끌어 당겼어.

그 와중에 주술사들은 자기들 사투리로 악을 써대더군.

'신도 아니고, 악마도 아니다. 그냥 인간이다!'

"그러나 막상 아내를 맞아들이려고 하니, 그게 드라보트가 생각했던 것처럼 쉽지 않았어. 그가 이 문제를 간부회의에 부쳤지만, 아무도 대답을 하지 않았어. 맨 나중에 빌리 피시만이 한 마디 하더군.

'아가씨들한테 직접 물어보시는 게 좋겠습니다.'

드라보트는 좌중을 둘러보며 분통을 터뜨렸어. 임브라 석상 앞에 서서 도대체 나한테 뭐가 문제가 있느냐면서 고함을 지른 거지.

'내가 개냐? 아니면 너희 같은 촌 것들의 딸을 아내로 맞지 못할 정도로 내가 부족한 남자라는 거냐? 나는 이 나라를 위해 내 모든 노력을 바쳤다. 바로 지난번에 아프가니스탄의 이슬람 전사들이 공격해 온 것을 누가 앞장서서 막아냈지?'

아, 사실 그 전투는 내가 치른 거였지만 드라보트로서는 그런 걸 기억해 낼 만한 상황이 아니었지.

'총은 또 누가 입수했나? 다리는 누가 고치고? 저 돌에 새겨진 문양이 상징하는 대지부장은 또 도대체 누구냐 말이야!'

드라보트는 그렇게 말하면서 모임 때 의자 대신 즐겨 앉던 괴목을 손으로 쾅쾅 내리쳤어.

빌리 피시도 이번에는 아무 말이 없었고, 다른 녀석들도 잠자코 있었어. 그래서 할 수 없이 내가 나섰지.

'이봐, 다니엘, 진정하게. 아가씨들에게 물어보는 게 좋겠어. 영국에서 모두 그렇게 하지 않나? 자네도 말했다시피 여기 사람들도 영국인과 다를 게 없으니까

말이야.'

그러나 드라보트는 화가 머리끝까지 난 표정으로 말했어. 자기도 아마 평상심을 잃고 있다는 사실을 알고는 있는 모양이더군.

'국왕의 결혼은 국가적인 행사다.' 라고 말하고 드라보트가 회의실을 박차고 나가 버렸지만, 다른 사람들은 모두들 땅만 쳐다보면서 말이 없었어.

나는 바슈카이 부락의 추장인 빌리 피시를 불렀지.

'뭐가 문제인가? 진정한 친구한테는 숨기지 말고 뭐든 다 말해야 하네.'

내 말을 들은 빌리 피시가 이렇게 대답하더군.

'잘 알지 않습니까? 만사를 다 잘 알고 있는 분한테 굳이 말씀을 드릴 필요가 있을까요? 인간의 딸이 신이나 악마하고 결혼했다는 이야기를 들으신 적이 있습니까? 그건 아니지요. 절대 아닙니다.'

성경(창세기 6: 1-4)에 그 비슷한 이야기가 있었다는 기억이 나더군. 그러나 이렇게 오랫동안 우리를 신이라고 믿어왔고 지금도 그렇게 믿고 있는 사람들에게 그 믿음이 잘못되었다고 깨우쳐 주는 일은 차마 못 하겠더라는 말이지.

'신은 무슨 일이든 할 수 있어. 만약 우리 국왕이 누구의 딸을 좋아하게 되면, 그 딸이 그냥 죽게 내버려 두겠는가! 암, 아니고 말고.'

그러자 빌리 피시가 이렇게 대답했지.

'아닙니다. 그 딸은 반드시 죽어야 합니다. 이곳 산중에는 온갖 종류의 신과 악마가 있지요. 그리고 이따금씩 인간의 딸이 신이나 악마와 결혼의 인연을 맺는데, 그러고 나면 그 신부의 모습은 여기서 더 이상 찾아볼 수 없습니다. 게다가 당신들 두 분은 석상에 새겨진 문양의 의미를 알고 있어요. 그런데 그 의미를 아는 자는 오직 신뿐이십니다. 그 대지부장 문양을 보여주기 전까지만 해도 두 분을 인간이라고 생각했습니다. 그러니 두 분이 신이 아니라고 할 수 있겠습니까?'

그 말을 듣자, 왜 진작 우리가 비밀 결사와 관련된

모든 소문의 진실에 대해서 상세하게 주민들에게 설명하지 않았던가, 하는 후회가 밀려왔지만, 아무 말도 하지 않았어. 그날 밤 내내 산중턱의 작고 흐릿한 한 사원에서 뿔피리 소리가 들리더니, 어떤 아가씨가 처절하게 울부짖는 소리가 들려왔지. 바로 그 아가씨가 국왕에게 시집을 올 준비를 하고 있다고, 어떤 주술사 하나가 이야기해주더군.

'이따위 말도 안 되는 소동은 생전 처음이야.'

드라보트가 말했어.

'너희 관습에 간섭하고 싶지 않지만, 난 어쨌든 왕비를 맞아들이겠어.'

'저 아가씨가 조금 겁을 집어먹은 모양입니다.'

옆에 있던 주술사가 대답했지.

'자기가 곧 죽게 될 거라고 생각하고 있거든요. 그래서 부락 사람들이 지금 위로해 주고 있는 거지요.'

'그런 소동이라면 더 좀 부드럽게 위로를 해주도록 해.'

드라보트가 말했어.

'안 그러면 이 개머리판으로 너희를 위로해 주겠어. 아예 두 번 다시 위로 따위를 받고 싶지 않게 말이야.'

말을 마친 드라보트는 입술을 빨면서 다음 날 아침에 자기 품에 들어올 여자를 생각하면서 한밤중까지 잠자리에 들지 않고 이리저리 돌아다녔지. 나는 아무래도 마음이 편치 않았어. 설령 스무 번이나 왕 노릇을 했다 해도 외국에서 여자를 맞아들인다는 일이 엄청나게 위험하다는 사실을 잘 알고 있었거든. 다음 날 아침 드라보트가 아직 잠에 떨어져 있을 때, 일찌감치 일어나 보니 주술사들이 모여 여기저기서 귓엣말로 쑥덕대고, 추장들도 자기들끼리 쑤군대고 있더군. 그러면서 곁눈질로 날 힐끗힐끗 보는 거야.

'무슨 일인가, 빌리 피시?'

모피 옷을 걸쳐 입어 풍채가 당당해 보이는 바슈카이 부락의 추장에게 물었어.

'확실히 말할 수는 없지만, 지금 왕의 결혼과 관련된 이 모든 어지러운 사건을 중단시킬 수만 있다면, 그렇게 하는 편이 두 분과 제 신상에 좋을 것 같습니다.'

'사실은 나도 그렇게 생각해. 우리를 위해 싸운 자네와 내가 알고 있듯이, 왕이나 나나 전능하신 하나님이 창조하신 그저 두 사람의 인간일 뿐이야. 절대 평범한 인간 이상의 그 무엇도 아니라네.'

'그럴지도 모르지만, 그래도 유감이군요.'

말을 마친 빌리 피시가 잠시 모피 외투의 깃에 고개를 묻고 생각하더니 다시 입을 열었어.

'왕이시여, 두 분이 인간이건 신이건, 아니면 설령 악마라 할지라도, 오늘은 당신과 함께 있을 겁니다. 내가 데려온 20명의 병사는 제 명령에 따릅니다. 이 태풍이 지나갈 때까지 바슈카이에서 머물러 있기로 합시다.'

밤 사이에 눈이 설핏 내려, 온 천지가 새하얀 색이었어. 오직 북쪽 하늘에서 다가오는 두터운 구름만이

검은색이었다네. 그때 드라보트가 팔을 휘젓는가 하면
발을 구르기도 하면서 동화 속 주인공보다 더 즐거운
표정으로 머리에 왕관을 쓰고 나오더군.

'정말로 마지막이야. 제발 그만 두게.'

내가 속삭이면서 말했지.

'조금 전 빌리 피시 말로는 곧 폭동이 일어날 것
같은 모양이라네.'

'짐의 백성이 폭동을 일으킨다고? 별 일 아닐 거
야, 피치. 그보다도 여자를 얻지 않겠다니, 자네는 참으
로 바보 같은 친구야. 그런데 신부는 어디 있지?'

드라보트가 마치 암내를 맡은 숫당나귀처럼 소리
를 질러 댔어.

'추장과 주술사를 모두 소집해. 그래야 황제가 과
연 자신한테 어울리는 황후감인지 아닌지를 판단할 수
있을 테니 말이야.'

하긴 일부러 소집할 필요도 없었지. 소나무 숲 가
운데 공터에 총과 창을 든 녀석들이 비스듬한 자세로

전부 모여 있었어. 주술사 몇이서 신부를 데리러 그 작은 사원으로 내려가자 마치 죽은 사람을 살려내려는 듯이 뿔피리 소리가 울리더군. 빌리 피시는 주위를 어슬렁거리면서도 되도록 다니엘 곁에 붙어 있었는데, 그 뒤로 20명의 부하가 구식 총을 들고 서 있었지. 녀석들은 모두 키가 180센티가 넘는 거한이었어. 나는 드라보트 옆에 서 있었고, 그 뒤로 정식 군대의 병사 20명이 서 있었지. 신부가 계단을 올라오는 모습을 보니 대단한 미인이더군. 은과 터키 곡옥으로 치장을 했는데, 어쩐지 얼굴은 죽은 사람처럼 창백했어. 그런데 이 신부가 연신 주술사들 쪽을 쳐다보는 거야.

'좋아.'

드라보트가 올라오는 신부를 내려다보며 말했지.

'이봐, 귀여운 아가씨. 뭘 겁내나? 자, 이리 와서 내게 키스해 줘.'

그러면서 드라보트가 신부를 안았지. 그런데 신부가 두 눈을 질끈 감더니 갑자기 비명을 지르면서 자기 얼굴을 왕의 타는 듯한 붉은 수염에 갖다 대는 거야. 그와 동시에 드라보트가 손으로 자기 목을 찰싹 찰싹 때리면서 외쳤어.

'이 계집이 나를 물었어!'

과연 그 손에 빨간 피가 흐르더군. 빌리 피시와 구식 총을 든 두 사람의 병사가 왕의 어깨를 잡고 바슈카이 사람들 사이로 끌어 당겼어. 그 와중에 주술사들은 자기들 사투리로 악을 써대더군.

'신도 아니고, 악마도 아니다. 그냥 인간이다!'

그 말을 들은 나는 놀라 자빠질 지경이었어. 주술사 한 놈은 똑바로 내게 달려들고 그 뒤로 병사들이 바슈카이 사람들에게 총을 쏘아대기 시작했지.

'전능하신 하나님!'

다니엘이 이렇게 말했어.

'이게 도대체 어떻게 된 일이란 말입니까?'

'이리 돌아와요! 피해요!'

빌리 피시가 외쳤어.

'모든 게 끝장입니다. 바슈카이까지 길을 뚫고 나가야 합니다.'

나는 부하들, 그러니까 정규군에게 명령을 내려보내려고 했지만 소용이 없었어. 그래서 영국제 마르티니 총을 가지고 한 줄로 서 있던 그 거지 같은 녀석 셋을 날렸어. 골짜기는 온통 고함과 비명으로 가득 찼어. 모두들 한결같이 외쳐대는 거야.

'신도 아니고, 악마도 아니다! 그냥 보통 인간이다!' 이렇게 말이야.

바슈카이 병사들은 모두 용감하게 빌리 피시 곁에 붙어 있었지만, 그들이 소지한 구식 총은 위력이 카불제 신식 총의 절반에도 못 미쳤지. 네 명이 푹 고꾸라졌어. 다니엘은 화가 머리끝까지 치밀어서 황소처럼 고함을 지르며 날뛰었지. 빌리 피시는 드라보트가 사람들 앞으로 뛰어나가려는 몸짓을 막느라 정신이 없을 지경이었어.

'이제 버틸 수 없소.'

빌리 피시가 말했지.

'골짜기로 내려가요. 사방이 모두 적이니까.'

구식 총을 든 병사들이 달려가자, 우리도 드라보트를 억지로 끌고 골짜기를 달려 내려갔지. 드라보트는 무섭게 몸부림을 치며 자기가 왕이라고 외쳐댔어. 주술사들은 우리에게 큰 바위덩이를 굴려서 떨어뜨리고, 정규군도 총을 마구 쏘아대는 바람에 살아서 골짜기를 내려온 사람은 드라보트와 빌리 피시와 나를 빼면 고작 여섯에 불과했지.

위에서는 사격을 중단했지만 이번에는 또 그 작은 사원 안에서 요란스럽게 뿔피리를 불어대더군.

'도망가요. 빨리!'

빌리 피시가 말했어.

'놈들은 우리가 바슈카이에 도착하기 전에 모든 부락에 파발을 보낼 겁니다. 바슈카이까지만 가면 안전하지만, 지금 여기서는 어쩔 도리가 없어요.'

내 생각으로는 그때부터 다니엘의 머리가 돌아버

리기 시작한 것 같더군. 마치 목을 찔린 돼지처럼 눈을 아래위로 힐끔거리는데, 그 모양이 아무래도 혼자 돌아가서 맨손으로 주술사들을 죽일 생각을 하고 있는 기색이었어. 그러다가 갑자기 외치더군.

'난, 황제야, 황제! 게다가 내년엔 여왕 폐하의 기사가 될 거야.'

'그래, 좋아, 다니엘'

내가 말했어.

'그래도 시간이 있을 때 빨리 달아나야 한다니까.'

'이건 자네가 군대를 제대로 다스리지 못했기 때문이야. 그러니까 자네 잘못이라고. 군대가 폭동을 일으킬 때까지 까맣게 모르고 있었다니. 이 빌어먹을 기관사, 선로공에다, 기껏 기차나 공짜로 얻어 타는 사이비 선교사 같으니라구!' 드라보트는 바위에 걸터앉아, 입에서 나오는 대로 나한테 마구 욕설을 퍼부었지. 이런 곤경을 자초한 건 순전히 자기의 어리석은 욕심 때문이었지만, 당시에는 완전히 절망한 상태라서 시시비비를 가릴 기운도 없었어.

'미안하네, 다니엘. 하지만 여기 원주민들한테는 설명이 불가능해. 이건 완전히 57년에 겪은 사건[*]의 복사판이나 마찬가지야. 그렇지만 바슈카이에 도착하면 어떻게든 이 위기에서 빠져나갈 수 있을 거야.'

'그럼 바슈카이로 가자.'

내 말을 듣던 드라보트가 말했지.

'다시 여기 올 때는 맹세코 이 골짜기를 싹 쓸어버리겠어. 담요 속에 벌레 새끼 한 마리 없을 정도로 아주 깨끗하게 말이야.'

우리는 그날 하루 온종일을 걸었지. 드라보트는 밤새도록 수염을 씹고 눈길을 툭툭 차면서 걸었지. 아무도 모르는 소리를 혼자서 중얼거리면서 말이야.

'아무래도 틀린 것 같습니다.'

---

[*] 1857년에 벵갈 지역의 인도 군인들이 영국군 장교에 대항하여 일으킨 세포이의 반란을 가리킴. 영국은 이 사건을 이용해서 인도에 대한 지배 체제를 더욱 공고하게 다졌다—역주.

빌리 피시가 말했지.

'주술사들이 아마도 지금쯤은 온 부락에 파발을 보내 두 분이 보통 인간이라는 소식을 전했을 겁니다. 만사가 좀더 안정될 때까지 계속해서 신처럼 행동했어야 하는데, 왜 그렇게 서둘러 인간으로 보이셨습니까? 저는 이미 죽은 목숨입니다.'

빌리 피시는 말을 마치면서 눈 위로 몸을 던져 신에게 기도를 드리기 시작하더군.

다음날 아침 우리는 지독하게 나쁜 지대로 들어갔지. 하늘이고 땅이고 어디를 둘러봐도 평지라고는 전혀 없고, 먹을 것도 없었지. 바슈카이 사람 여섯은 뭔가 물어볼 것이 있다는 듯한 야릇한 표정으로 빌리를 바라보았지만, 끝내 말은 한 마디도 없었어. 정오가 되자, 우리는 온통 눈으로 뒤덮인 평평한 산꼭대기에 도착했지. 그런데 그것 참, 거기엔 군대가 정렬한 상태로 우리를 기다리고 있지 뭔가?

'파발이 엄청 빠르긴 빠르군.'

빌리 피시가 희미하게 웃으면서 말했지.

'놈들이 우리를 기다리고 있어.'

그때 적의 진영에서 서너 명이 총을 쏘아대기 시작하더군. 그 가운데 한 발이 이쪽으로 날아오더니 다니엘의 정강이에 맞았어. 덕분에 다니엘이 제 정신을 차린 모양이었어. 설원(雪原) 너머로 상대방을 바라보던 드라보트는 우리를 향해 쏘고 있는 총이 바로 우리가 이 나라에 가져온 그 총이라는 사실을 알게 되었지.

'이제 끝났어.'

드라보트가 말했어.

'저들은 영국 백성이야. 우리가 가져온 저 총을 들고 있는 한은 말이지. 자네들이 이 지경에 빠진 건 오로지 내 어리석은 행동 때문이었어. 빌리 피시, 돌아가게. 부하들을 데리고 돌아가 줘. 넌 나를 위해 최선을 다했어. 그러니 이제 그만 헤어지잔 말이야. 그리고 카네한, 나와 악수하고 빌리와 함께 떠나 주게. 자네 둘은 죽이지 않을 거야, 모르긴 몰라도. 나 혼자서 저들과 상대하

겠어. 모든 일은 내가, 바로 이 왕이 했단 말이야.'

'빌어먹을!'

내 입에서 이런 말이 튀어나왔어.

'젠장, 다니엘, 난 너와 함께 있겠어. 빌리, 자네는 자리를 피하게나. 우리 둘이 저 놈들을 상대하겠어.'

'난 추장이오.'

빌리 피시가 아주 아주 조용한 어조로 말했어.

'난 당신들과 함께 있겠소. 부하들만 피하게 하면 되니까.'

바슈카이 부락 병사들은 추장의 말이 떨어지기가 무섭게 내뺐고, 우리 셋은 북과 피리를 울려대는 적진 한가운데로 걸어갔지. 날은 엄청나게 추웠어. 정말 대단한 추위였지. 지금도 내 머리 꼭대기에 그때 느꼈던 추위가 남아 있는 기분이야. 여기 이렇게 덩어리처럼 뭉쳐서 말이야."

9. 에필로그 — 화려한 몰락

"아, 그 남자요? 그 환자는 일사병으로 입원했지요.
어제 아침 이른 시간에 죽었습니다.
그런데 그 환자가 대낮에
반 시간이나 머리를 햇볕에 그대로 노출시키고 있었다는데,
그게 사실입니까?"

에필로그 — 화려한 몰락

 신문사 일꾼들은 모두 잠에 골아 떨어져
있었다. 석유 등잔 두 개가 사무실 안에
서 타오르고 있었다. 내가 몸을 앞으로
숙이자, 땀이 얼굴을 타고 흘러내려 종이 위로 방울방
울 떨어졌다. 카네한은 몸을 심하게 떨고 있었다. 혹시
라도 그가 정신을 놓을까봐 더럭 겁이 났다. 나는 얼굴
의 땀을 훔쳐내면서, 새삼스럽게 측은한 마음이 들어
그의 손을 잡고 다시 입을 열었다.

"그 다음에는 어떻게 됐지?"

내 눈의 순간적인 이동 때문에 이야기의 흐름이 깨진 모양이었다.

"실례지만 뭐라고 그랬소?"

카네한이 신음에 가까운 소리를 냈다.

"놈들은 소리 없이 우리 세 사람을 붙들었어. 눈길을 따라 걸음을 옮겨놓는 동안에도 전혀 소리를 내지 않았지. 처음 자기한테 손을 댄 놈을 '왕'이 때려 눕히고, 내가 아무 데나 대고 총질을 해대도 말이야. 그 돼지 새끼들은 처음부터 끝까지 아무 소리도 내지 않았어. 그저 단단히 뭉쳐 있을 뿐이었지. 놈들의 털옷에서는 정말 역겨운 악취가 나고 있었어. 우리와 제일 가까웠던 빌리 피시가 어떻게 된 줄 아시는가? 정말 좋은 친구였는데, 글쎄, 놈들이 그 자리에서 마치 돼지 목을 따듯이 그 친구의 목을 따 버렸다네. 그러자 '왕'이 피범벅이 된 눈밭을 발로 걷어차면서 말했지.

'도대체 뭘 바라고 여기까지 숨막히게 달려왔는가? 다음엔 또 무슨 꼴을 보게 되려나!'

그런데 피치, 피치 탈리아페로 이 친구는, 선생, 정말 친구끼리 털어놓고 하는 이야기지만, 정신이 나간 거야. 아니, 이 친구가 정신 나간 게 아니라, '왕'이 정신이 나갔지. 그래, 맞아. 밧줄로 교묘하게 만든 다리를 걸어가면서 정신이 나간 거라네. 아, 그 칼 좀 빌려주시오, 선생. 자, 보시오. 이런 식으로 기울어진 다리였지. 놈들은 한 1.6킬로미터 정도 둘을 끌고 왔어. 다리 밑으로는 강물이 흐르고, 까마득한 절벽이 펼쳐져 있었지. 그렇게 걸린 다리를 본 적이 있는지 모르겠소만, 어쨌든 놈들은 마치 소라도 쫓는 것처럼 '왕'을 몰아세웠지.

'똑똑히 봐 둬, 너희! 내가 기사답게 죽을 수 없다고 생각하는 모양인데?'

드라보트가 이렇게 말하면서 잠깐 고개를 돌려 나를 돌아보았어. 난 그때 꼭 아기처럼 울어대고 있었어.

'피치, 내가 자네를 이 지경으로 만들었어. 행복하게 잘 지내는 사람을 끌어내서 여기 이 산골짜기 카피리스탄에서 죽임을 당하게 만들었으니, 정말 미안해. 그

래, 자네는 카피리스탄 제국의 총사령관을 역임했지. 용
서해 줘, 피치.'

'그럼, 용서하고 말고. 진심으로 마음 깊은 곳에서
부터 자네를 용서하네, 다니엘.'

'악수해 줄 수 있겠지, 피치.'

드라보트가 말했어.

'자, 난 이제 가네.'

말을 마친 드라보트는 오른쪽도 안 보고 왼쪽도 안
보고 똑바로 걸어갔어. 눈이 아찔할 정도로 마구 흔들
리는 다리 한복판까지 걸어간 그의 몸이 다리와 수직이
되었을 때였어. 갑자기 드라보트가 이렇게 외치더군.

'이 거지 같은 새끼들아, 자, 이제 끊어라!'

그러자 놈들이 다리를 탁 끊었어. 그리하여 우리의
옛 친구 다니엘 드라보트는 허공에서 돌고 돌면서 3만
킬로미터 아래로 떨어졌던 거야. 하긴 그의 몸이 물에
부딪치는 소리가 날 때까지 반 시간이나 걸렸으니까.
바위에 떨어진 그의 모습이 내 시야에 어렴풋이 들어

왔어. 그런데 아주 가까이 금관도 보이더군.

그 다음에 놈들이 소나무 두 그루 사이에 나를 붙잡아 매고 어떻게 한 줄 알아? 피치의 손, 그러니까 내 손을 보면 알겠지만, 내 손발에다 대고 못을 박았지. 난 그래도 죽지 않았어. 거기 그렇게 매달려서 비명을 질렀지. 다음 날 놈들은 나를 끌어내리면서 '아직 안 죽었다니, 기적이야, 기적!' 이라고 말하더군. 자신들한테 조금도 나쁜 짓을 하지 않은 그 불쌍한 피치 카네한을, 놈들은 그렇게 다루었단 말이야."

카네한은 몸을 앞뒤로 흔들면서 울기도 하고, 상처 자국이 난 손등으로 눈물을 훔치기도 하면서 십여 분을 어린애처럼 탄식하기도 했다.

"그 놈들은 날더러 다니엘보다 오히려 더 신에 가깝다고 하면서, 나를 사원에 가두었지. 그러더니 눈밭으로 쫓아내면서 집으로 돌아가라고 했어. 그래서 나는 별 수 없이 길바닥에서 구걸을 하면서 일 년을 걸어 여기까지 간신히 돌아온 거요. 하긴 다니엘 드라보트가 내 앞에서 '이쪽이야, 피치. 우리는 지금 엄청난 사업을 하고 있거든.' 이라고 하면서 길을 안내해 주었기 때문에 무사할 수 있었는지도 모르지.

여기저기 솟은 산은 밤만 되면 요동을 치면서 나를 떨어뜨려 버릴 태세였지만, 드라보트가 손을 잡아주어서 기다시피 돌아온 거요. 나는 결코 단의 손을 놓지 않았고, 단의 목을 그냥 떨어지게 내버려두지도 않았어. 놈들은 내가 두 번 다시 돌아올 생각을 못 하도록 단의 왕관을 나한테 선물로 주었어. 그 왕관은 순금이지. 나는 굶어죽을 지경이 되더라도 절대 왕관을 팔지 않았어. 선생, 선생도 드라보트를 아시겠지? 우리의 '형제' 드라보트 각하 말이오! 자, 이제 그 '형제'(이 말은 은연중에 프리메이슨과의 연관성을 드러내고 있음—역주)를 만나보시오."

카네한은 구부린 허리에 두른 누더기를 더듬어서 은실 장식이 달린 검은 말총 주머니를 꺼냈다. 그 안에서 꺼내 탁자에 내놓은 것은, 오호, 바로 쭈글쭈글하고 메마른 다니엘 드라보트의 머리였다. 언제부터인가 등 잔의 불빛을 무력하게 만들고 있던 아침 태양의 햇살 이 그 붉은 구레나룻과 움푹 들어간 눈동자 없는 눈을 비추고 있었다. 그 옆에서는 천연 터키 곡옥이 점점이 박힌 무거운 황금 왕관도 함께 빛나고 있었다. 카네한 은 박살 난 드라보트의 관자놀이에 그 왕관을 살짝 얹 어 주었다.

"지금 선생은 살아 생전과 똑같은 모습의 황제를 보고 있소. 머리에 왕관을 쓴 카피리스탄의 왕 말이오. 한 번 진짜로 왕이 되어 봤던 불쌍한 친구 다니엘!"

나는 몸을 떨었다. 용모는 거의 변했지만, 마르와르 환승역에서 만났던 그 사나이의 머리 모양은 확실하게 알아볼 수 있었다.

카네한이 일어나서 사무실을 나서려고 했다. 나는 그를 말렸다. 바깥을 돌아다닌다는 자체가 아무래도 무 리라는 생각이 들었기 때문이다.

"위스키 좀 주시오. 그리고 돈도 있으면 좀 주시오."

카네한이 헐떡이며 말을 계속했다.

"난 그래도 한 때 왕이었소. 보건소장한테 가서 몸이 좋아질 때까지 요양소에나 좀 넣어 달라고 부탁해 볼 작정이오. 고맙지만, 차는 사양하겠소. 차를 기다릴 만큼 한가하지 않으니까. 아, 그러니까, 남부하고 마르와르 역에 좀 급한 용무가 있어서, 그만 일어나겠소."

카네한은 휘청거리며 사무실을 나가 보건소장 관사 쪽으로 떠났다. 그날 낮, 눈이 멀어버릴 것처럼 무더운 거리의 가로수 그늘 아래로 나갔더니, 허리가 굽은 사나이가 길가의 뽀얀 먼지를 따라 이리로 기어오는 광경이 눈에 들어왔다. 손에는 모자를 들고, 거리의 악사처럼 노래를 부르고 있었다. 사람이라고는 그림자도 없었고, 노래 소리가 미치는 근처까지 집도 전혀 없었다. 사나이는 머리를 좌우로 흔들면서 콧노래를 부르고 있었다.

하느님의 아들이 전쟁터로 나아가네.
위엄 서린 왕관을 얻으러
핏빛으로 붉게 물든 '그'의 깃발이
저 멀리 비명을 질러대는구나!
누가 있어 '그'의 행렬을 따라 나설 것인가?

끝까지 들을 필요도 없었다. 나는 가련한 그 사나
이를 차에 태우고 가장 가까운 선교사의 숙소로 데려
갔다. 여기 잠시 머물렀다가 준비가 되면 행려병자 수
용소에 입원시킬 작정이었다. 나와 함께 있는 동안, 사
나이는 그 노래를 두 번 되풀이해 불렀다. 하지만 내가
누군지는 전혀 알아보지 못하는 눈치였다. 나는 노래를
부르고 있는 사나이를 선교사에게 맡기고 집으로 돌아
왔다.

이틀 뒤 나는 수용소의 감독관에게 사나이의 병세

를 물어봤다.

"아, 그 남자요? 그 환자는 일사병으로 입원했지요. 어제 아침 이른 시간에 죽었습니다."

"그런데 그 환자가 대낮에 반 시간이나 머리를 햇볕에 그대로 노출시키고 있었다는데, 그게 사실입니까?"

감독관이 이상스러운 듯 내게 물었다.

"네, 그랬습니다. 그런데 말입니다. 혹시 그 환자가 죽을 때 머리에 뭔가 얹고 있지는 않았나요?"

"아니요, 제가 아는 바로는 그런 일은 없었습니다."

이 사건은 거기까지였다.   - 끝 -

왕이 되고 싶은 사나이

초판 1쇄 인쇄 2004년 3월 25일
초판 1쇄 발행 2004년 4월 8일

저자 / 루디야드 키플링
옮긴이 / 김정우
펴낸곳 / 함께읽는책
펴낸이 / 김영호
주소 / 서울시 관악구 신림1동 1631-19
전화 / 02-852-7845
팩스 / 02-839-7846

가격 / 7,500원
ISBN 89-90369-28-2